Mila Summers

Herzklopfen und Meer
Glücksmomente in Cornwall

AF200518

Impressum

Bibliografische Information der Deutschen Nationalbibliothek:
Die Deutsche Nationalbibliothek verzeichnet diese Publikation
in der Deutschen Nationalbibliografie; detaillierte bibliografische Daten sind im Internet über www.dnb.de abrufbar.

Deutsche Erstauflage Mai 2023
Copyright ©Mila Summers
Lektorat: Dorothea Kenneweg
Korrektorat: SW Korrekturen
Covergestaltung: Nadine Kapp
Covermotiv: Shutterstock ©Albert Pego, ©dekazigzag
Impressum: D. Hartung
Frankfurter Str. 22
97082 Würzburg
mila.summers@outlook.de

Herstellung und Druck über tolino media GmbH & Co. KG,
Albrechtstr. 14, 80636 München. Printed in Germany.
Fragen zu Produktsicherheit an: gpsr@tolino.media.

MILA

SUMMERS

Herzklopfen und Meer

- Glücksmomente in Cornwall -

Roman

Prolog

Ailla

»Igitt, Jory! Was ist das denn?«

»Wonach sieht es denn aus?«

Angewidert wischte ich meine Finger an meiner Jeans ab. Ich hätte nichts anfassen sollen, nachdem Jory mich gebeten hatte, die Augen zu schließen.

»Wo hast du diese stinkende Kröte eigentlich her?«

Jory sah mich geknickt an. Offenbar hatte er erwartet, ich würde mich über sein Abschiedsgeschenk freuen. Schließlich musste er schon morgen mit seiner Familie nach London abreisen, wo sein Dad einen tollen neuen Job als Hoteldirektor irgendeines riesigen Bunkers, wie Dad es gerne nannte, antrat.

»Die habe ich extra für dich gefangen. Und das ist gar keine Kröte, sondern ein Wetterfrosch. Er soll dir immer anzeigen, wann du an den Strand gehen kannst. Damit du nicht wieder so pitschnass wirst wie beim letzten Mal, als wir hier auf der Suche nach Muscheln und bunten Glasscherben waren.«

Schon hatte ich ein schlechtes Gewissen, dass ich Jorys Geschenk nicht angemessen gewürdigt hatte. Er hatte sich solche Gedanken gemacht. Und wie dankte ich es ihm?

»Das ist … wirklich lieb von dir, Jory. Ehrlich! Ich wusste gar nicht, dass Frösche das Wetter voraussagen können.«

Ein Lächeln zauberte sich auf seine Lippen.

»Doch, doch. Ganz sicher sogar. Meine Mum hat mir erklärt, dass Frösche eine sehr empfindliche Haut haben und damit Feuchtigkeitsschwankungen besser wahrnehmen können. Steigt er also die Treppe in seinem Glas hinauf, gibt es Sonnenschein. Bleibt er stattdessen am Boden sitzen, solltest du auch besser daheim bleiben.«

Voller Stolz überreichte mir Jory das Gefäß, in das er den Wetterfrosch wieder hineingegeben hatte, nachdem er mich ihn hatte berühren lassen.

Ich rang mich zu einem Lächeln durch, während ich versuchte, nicht daran zu denken, wie es sich eben noch angefühlt hatte, den Frosch anzufassen. »Hat er denn schon einen Namen?«, fragte ich, als ich den grünen Frosch mitsamt Glas in Händen hielt und von allen Seiten musterte.

So schlimm sah er gar nicht aus, nur ein bisschen schleimig. »Er hat noch keinen Namen. Aber was hältst du von Kermit? Kermit, der Frosch. Wie der aus der Muppet Show. Das würde doch passen.«

Lächelnd sah Jory zwischen Kermit und mir hin und her, als wollte er sich von uns beiden bestätigen lassen, was ihm da für eine wundervolle Idee gekommen war.

»Das klingt sehr gut. Wirklich. Dann soll es so sein. Hallo, Kermit, ich bin Ailla. Wir beide werden von nun an eine Menge Spaß miteinander haben. Hörst du?«

Jory sah zu seinen nackten Füßen, die sich schon ein ganzes Stück im Sand vergraben hatten, so wie immer, wenn wir länger an einer Stelle standen. Was für gewöhnlich nicht oft vorkam.

Hier unterhalb der Promenade von St. Ives konnte man prima auf Entdeckungsreise gehen, sich die verrücktesten Spiele überlegen und ansonsten auch ganz wunderbar Touristen erschrecken. Letzteres hatten wir erst vor Kurzem mit einem Blasrohr getestet. Als die Sache rauskam, hatten Jory und ich mächtig Ärger von unseren Eltern bekommen. Schließlich lebten unsere Familien, wie so viele andere in Cornwall auch, von den Gästen, die zu uns kamen, um hier die schönsten Wochen des Jahres zu verbringen. Und Urlaub war etwas Heiliges. Das hatte mir Mum bereits eingebläut, noch ehe ich in den Kindergarten gegangen war.

»Wann fährst du?«, stellte ich die unausweichliche Frage.

Jory seufzte und ließ die Schultern hängen.

»Gleich morgen früh. Dad will schon am Nachmittag in London sein. Dann haben wir noch zwei Tage, um uns die Stadt anzuschauen, bevor er arbeiten und ich zur Schule muss.«

Jory seufzte abermals.

»Ich wäre viel lieber noch hiergeblieben. Bei dir. Am Meer.«

Lächelnd strich ich mir eine meiner rotblonden Strähnen hinters Ohr. Mein Bauch fühlte sich so komisch an. Ein bisschen so, als hätte ich zu viel Brause geschluckt. Das passierte immer mal wieder, wenn Jory in meiner Nähe war. Noch wusste ich nicht, was es damit auf sich hatte, nur, dass es sich gut anfühlte und ich es schrecklich vermissen würde, wenn Jory nicht mehr da war.

»London ist ziemlich cool, glaube ich.«

Jory machte nicht den Anschein, als würden ihn meine Worte sonderlich aufbauen.

»Du wohnst dann in einer Stadt mit Harry Potter. Das musst du dir mal vorstellen. Du kannst all seine Abenteuer miterleben, während ich hier in St. Ives sitze und den Möwen dabei zusehe, wie sie die Pasties aus den Händen der Touristen klauen.«

Jory lachte.

»Ich mag es, wenn sie Glück haben und mit ihrer Beute wegfliegen können.«

»Und ich mag es, wenn du lachst.«

Jory machte einen Schritt auf mich zu. Unbeholfen legte er seine Arme um meine Schultern, sodass mir Kermit samt Glas beinahe aus der Hand gefallen wäre.

»Beste Freunde für immer?«, fragte Jory.

»Beste Freunde für immer«, bestätigte ich ihm.

Kapitel 1

Ailla

»Ailla, Schätzchen, ich wollte schon vor einer Viertelstunde zahlen.«

Heute war einer dieser Tage, an denen ich es bedauerte, nicht einfach einen stinknormalen Bürojob zu haben.

»Entschuldige, Liz, ich komme gleich. Versprochen! Meine letzte Aushilfe hat heute Morgen unerwartet das Handtuch geschmissen. Bis ich eine neue finde, wird es vermutlich etwas dauern. Momentan bekommt man ja leider kaum noch gute Leute.«

Schweißperlen kullerten mir über die Schläfen. Das Tablett in meiner Hand war voller leerer Teller, Gläser, Tassen und Besteck. Tisch drei und vier würde ich dringend abwischen müssen, bevor dort neue Gäste Platz nehmen konnten. Die Menschen, die zuvor daran gesessen hatten, mussten geradewegs aus der Steinzeit gekommen sein, wenn man das Schlachtfeld so ansah, das sie hinterlassen hatten. Auf gesittete Tischmanieren ließen ihre Hinterlassenschaften jedenfalls nicht schließen.

»Ist gut, mein Kind. Ich würde dir ja helfen, wenn ich nicht so zittrige Hände hätte. Außerdem steht mir gerade der nächste Fall ins Haus.«

Kopfschüttelnd legte sie ihre Hand auf meinen Arm, was dazu führte, dass das Tablett nur umso schwerer wurde.

»Ein neuer Fall?«, fragte ich interessiert.

Liz war in St. Ives eine Koryphäe auf dem Gebiet der Kriminalistik. Was Inspector Lewis für Oxford und Inspector Barnaby für die fiktive Grafschaft Midsomer, das war Liz für uns. Nur nicht ganz so erfolgreich.

Im Grunde hatte sie noch nie einen Täter geschnappt. Oft waren es auch keine wirklichen Täter, denen Liz auf der Spur war. Nicht, dass es in St. Ives keine Verbrechen gäbe. Allerdings ging Liz oft vermeintlichen Deliktsfällen nach, denen sich die Polizei aus gutem Grund nicht widmen wollte, schlichtweg, weil sie in ihren Augen keine waren. So beispielsweise erst letzte Woche, als Liz überzeugt davon gewesen war, jemand hätte es auf meinen Tea Room abgesehen. Wie sich herausstellte, war es nur ein Kunde gewesen, der tags zuvor kein Geld bei sich hatte und mir eine 10-Pfund-Note per Kuvert unter der Tür hindurchgeschoben hatte. Für Liz Grund genug, sich auf die Lauer zu legen und prompt auf einem meiner Klappstühle einzuschlafen.

Ich hatte nicht schlecht geschaut, als ich sie am nächsten Morgen im Palmengarten von St. Ia's Church, wo sich mein *Heavensplace* befand, auf die schlafende Liz gestoßen war. Für den Bruchteil einer Sekunde war ich sogar davon ausgegangen, dass sie nicht mehr am Leben war. Ein Glück, dass ich mich diesbezüglich getäuscht hatte.

Denn Liz, so schrullig und eigen sie auch sein mochte, war ein St-Ives-Urgestein. Sie gehörte mindestens ebenso zu dem kleinen Küstenörtchen wie das Meer und die Möwen, das Barbara Hepworth Museum and Sculpture Garden, das Tate und die verschiedenen preisgekrönten Strände. Daran bestand kein Zweifel.

»Ja, Finley, der Besitzer vom *Sloop Inn* hat seit einigen Tagen Probleme mit dem Müll. Sarah schildert ganz ähnliche Zustände im *The Mermaid*.«

Liz knetete ihre steifen Hände, während ich das Geschirr an der Theke abstellte, um es später in die Spülmaschine einzuräumen. Jetzt galt es, meine Liste an Bestellungen abzuarbeiten, bevor es sich die ersten Gäste anders überlegten und die ausgesprochen gute Aussicht über den Hafen und die Promenade von St.

11

Ives gegen besseren Service eintauschten und sich einen anderen Tea Room suchten.

Sobald ich etwas Luft hatte, musste ich ganz dringend eine neue Stellenanzeige freischalten. Es war ein Ding der Unmöglichkeit, den Tea Room allein zu führen. Nicht in den Sommermonaten, während die nationalen und internationalen Gäste wie Heuschrecken über das kleine Küstenörtchen herfielen, um Entspannung zu suchen.

»Probleme mit dem Müll?«, hakte ich nach, während ich den Milchaufschäumer betätigte, um einen Cappuccino zuzubereiten.

»Ja, nachts werden die Tonnen durchwühlt, und der Unrat landet dann auf dem Boden. Ganz schön unangenehm ist das den beiden, sag ich dir. Und nicht gut fürs Geschäft. Allerdings fühlt sich die Polizei dafür nicht zuständig. Finley und Sarah sollen Kameras anbringen lassen, um ihre Hinterhöfe videoüberwachen zu lassen. Das können sie sich aber nicht leisten. Außerdem ist der Fall akut. Bis jemand kommt, um ihnen was zu installieren, könnten die Gangster schon über alle Berge sein.«

Mit oder ohne Müll? Das war hier die Frage!

»Wird denn auch was geklaut?«

Die Vorstellung, jemand könnte sich an meinen Abfällen zu schaffen machen, war nicht weiter schlimm für mich. Wobei ich den ganzen Mist auf keinen Fall am nächsten Morgen auf dem Boden vorfinden wollte, um ihn zusammenkehren zu müssen. Zum Glück war ich bisher noch verschont geblieben.

»Verfolgst du denn schon eine heiße Spur?«

Liz nickte eifrig.

»Nicht nur eine, darauf kannst du Gift nehmen. Es sieht alles schon sehr vielversprechend aus. So viel vorab. Jetzt gilt es allerdings erst mal, nicht übermütig zu werden und mit Bedacht an die Materie heranzugehen. Das Letzte, was wir wollen, ist, dass die Ganoven aufmerksam auf uns werden. Die sollen sich mal schön weiterhin in Sicherheit wähnen, und dann – BÄHM – schlagen wir zu.«

Liz klatschte siegessicher mit ihrer rechten Faust in die Handfläche der linken Hand.

Wie alt sie war, wusste niemand so genau. Sie musste zu einer der ältesten Bewohner von St. Ives zählen. Jeder sah ihr ihre kleinen Eigenheiten nach und freute sich darüber, wenn sie sich freute. Sie war überall ein gern gesehener Gast, weil sie einen zu unterhalten wusste und selbst jedem mürrischen Griesgram ein Lächeln abrang.

Es tat gut, sie hier zu haben, während rund um mich herum mal wieder das Chaos ausgebrochen war.

»Wo bleibt mein Kaffee?«

»Ich habe mein Porridge vor vierzig Minuten bestellt.«

»Kann ich mit Karte bezahlen?«

»Wo sind die Toiletten?«

»Haben Sie hier auch Reiseführer?«

»Was kostet das große Frühstück, wenn ich das gekochte Ei durch eine zweite Scheibe Toastbrot ersetze und statt dem Sekt einen Orangensaft bestellen möchte?«

»Ich drück dir ganz fest die Daumen, Liz. Und für heute geht dein Kaffee aufs Haus«, erklärte ich und schob dabei drei Kaffee, einen Cappuccino und zwei Tassen Tee über die Theke, die mittlerweile direkt von Gästen abgeholt wurden, weil ich ihnen zu langsam war.

»Das ist aber lieb von dir, meine Ailla. Dafür verspreche ich dir, den Täter dingfest zu machen, bevor er auch in deinem Müll wühlt. Schlimme Vorstellung, was der Typ da wohl sucht. Manche Menschen geben dort ja obendrein ihre geschäftlichen Unterlagen rein. Vielleicht haben wir es sogar mit Betriebsspionage zu tun. So genau kann man das nicht wissen. St. Ives ist zwar ein kleiner verschlafener ehemaliger Fischerort, aber zu uns verirren sich nicht selten ein paar der größten Fische. Das weiß ja jeder.«

Es fiel mir nicht ganz leicht, mich auf Liz' Worte zu konzentrieren, während eine Reisegruppe in den Tea Room gestürmt kam, um nach dem Toilettenschlüssel zu fragen. Sie machten dabei einen Radau wie zehn Nashörner.

»Halt die Ohren steif, Ailla! Und kümmere dich dringend um eine Aushilfe. So kann das nicht weitergehen. Bis bald.«

Wem sagte sie das? Wenn das so weiterging, war ich nach der Saison mehr als urlaubsreif.

»Was ist denn jetzt mit meinem Chai Latte? Den hatte ich vor einer geschlagenen halben Stunde bestellt. Nennen Sie das etwa Service?«

Das hatte mir gerade noch gefehlt. Bisher waren all meine Gäste nett gewesen und hatten Verständnis für meine Situation gezeigt. Nun begann die Stimmung jedoch umzuschlagen. Es war nur noch eine Frage der

Zeit, bis mehr Gäste dem Beispiel dieses ersten Nörglers folgen würden.

»Ich bin heute leider krankheitsbedingt ganz allein. Ich arbeite alle Bestellungen nacheinander ab, kann mich allerdings noch nicht teilen.«

Sosehr ich mich bemühte, freundlich zu bleiben, konnte ich es mir jedoch nicht verkneifen, meinen Gegenüber auf den Umstand hinzuweisen, dass ich auch nur ein Mensch und keine Maschine war.

»Dafür ist mir meine Urlaubszeit zu kostbar. Da hole ich mir meinen Chai Latte lieber woanders.«

Ach, wie liebenswürdig. Ich nickte und zeigte ihm mein professionelles Lächeln. Idiot!

Zum Glück gab es von dieser Sorte Mensch nicht allzu viele in meinem Tea Room. Dennoch fand ich es immer schrecklich, wenn sich so jemand ausgerechnet zu mir verirrte.

»Hier die übrigen Bestellungen. Tisch fünf, sieben und acht wollen zahlen.«

»Emma? Dich schickt der Himmel! Aber warte … Was machst du hier? Wer ist in deinem *Bookport*? Du kannst doch nicht …«

Noch ehe ich meinen Einwand bekunden konnte, hob Emma abwehrend ihre Hände in die Höhe.

»Um die Mittagszeit liegen die meisten meiner Kunden bereits am Strand. Die wenigen, die sich jetzt zu mir verirren, wollen mir meist nur ihr Leid klagen oder mich zu einer Spende überreden. Du siehst also, du tust mir einen Gefallen damit, wenn ich hier bei dir aushelfen darf.«

Augenzwinkernd sah sie mich an, während sie mir den Zettel mit den Bestellungen reichte.

»Womit habe ich dich nur verdient? Und: Mittagszeit? Wo ist die Zeit hingerannt? Ich habe doch gerade erst geöffnet.«

Emma lachte.

»Sieh dich vor! Noch ehe du das nächste Mal blinzelst, kannst du deinen Tea Room unter Palmen schon wieder schließen.«

Ich wagte es dennoch und blinzelte kurz. Allerdings nur um meinen Blick von der Theke zu lösen und nach draußen in den Garten von St. Ia's Church zu blicken. Es war wirklich ein malerischer Ort, einfach himmlisch. Viel schöner hätte ich es für meinen *Heavensplace* nicht treffen können.

Im Schatten einer verwunschenen alten Kirche, umrankt von wunderschönen Blumen und Palmen, durfte ich dort arbeiten, wo viele Menschen ihren Urlaub verbrachten. Dankbar versuchte ich das zu genießen, was ich hatte, ohne gleich wieder den Fokus auf das Wesentliche zu verlieren, denn ich hatte mich ja den Bestellungen zu widmen.

Emma kam mit einem Tablett hereinspaziert. Auch eine Schürze hatte sie sich nun umgebunden, von der ich keine Ahnung hatte, wo sie sie herhatte. Aber das spielte auch keine Rolle.

Viel wichtiger war, zu wissen, dass ich mich immer auf meine Mädels von der Promenade verlassen konnte. Wir waren ein eingespieltes Team und die besten Freundinnen. Was konnte da schon schiefgehen?

Kapitel 2

Jory

Das war verdammt knapp.

Mal wieder war ich so sehr in Gedanken versunken gewesen, dass ich beinahe vor einen typisch roten Londoner Bus gelaufen wäre. Nicht das erste Mal. Und vermutlich auch nicht das letzte Mal.

Das Hupen des Doppeldeckers dröhnte noch in mir nach, nachdem er bereits außer Sichtweite war.

Clara war zu der Überzeugung gelangt, dass ich irgendwann im Londoner Verkehr das Zeitliche segnen würde. Denn wenn ich nicht meinen Gedanken nachhing, telefonierte ich in jeder freien Minute. Und das geschäftlich. Aberwitzig, wenn man bedachte, dass ich oft gerade erst zur Tür raus war, ehe es zu klingeln begann, und ich so dumm war und auch noch abnahm.

Schließlich ging man nach der Arbeit nach Hause, um seine Freizeit zu genießen. Bei genauerer Betrachtung hatte ich das schon lange nicht mehr getan. Mit ein Grund, warum Clara mich verlassen hatte.

Ehe ich mich in Gedanken an meine Ex-Freundin verlieren konnte, läutete abermals mein Handy.

Richard, mein Kompagnon, hatte den heutigen Tag mit der Planung neuer Konzepte für die Kunden unserer PR-Agentur verbracht.

»Ja?«

Wider besseres Wissen nahm ich ab.

»Gut, Jory, dass ich dich erreiche. Die Pressemitteilung für das National History Museum muss heute Abend noch raus. Offenbar gab es da ein Problem bei der Abstimmung des Termins. Kann ich auf dich zählen?«

»Klar«, erwiderte ich lapidar, da ich den Bericht bereits vorbereitet hatte und ihn lediglich abzuschicken brauchte.

Ein guter PR-Agent war vorbereitet. Immer. Und zu jeder Tages- und Nachtzeit. Ganz egal, ob Pressemitteilungen verschickt oder neue Strategien erarbeitet werden sollten, ich verstand mein Handwerk.

»Ich wusste, dass ich mich auf meinen fähigsten Mann verlassen kann. Danke, Jory. Du hast was gut bei mir. Ach, und denk dran, dass wir morgen Nachmittag wegen der Gelderman-Sache zusammenkommen wollen. Großer Kunde. Etwas eigenwillig, aber finanzstark, wenn du verstehst, was ich meine.«

Nicht nur das. Ich konnte die Pfundnoten in Richards Augen sogar sehen.

»Alles klar. Ist notiert«, behauptete ich und kam in Belgravia vor dem Wohnhaus an, in dem sich mein Apartment befand.

Es war nicht besonders groß, aber man hatte einen schönen Blick auf den Hyde Park. Wenn man denn mal Zeit hatte und ihn genießen konnte. Aber das war ein anderes Thema.

Als ich oben im dritten Stockwerk – das Haus besaß keinen Aufzug – ankam, spürte ich mal wieder, wie untrainiert ich war. Mein Atem ging schneller, und auch meine Beine fühlten sich schwer an. Neuerdings verspürte ich zudem auch noch diese Beklemmung im Brustkorb.

Clara hatte mich deshalb schon zum Arzt schicken wollen. Ich fand, sie machte mal wieder viel Aufhebens um etwas, was kaum der Rede wert war. Doch mit zunehmenden Schmerzen musste ich mir eingestehen, dass das Problem nicht ganz von der Hand zu weisen war und ich mich zeitnah darum kümmern musste. Besonders, seit ich in unregelmäßigen Abständen dieses Herzrasen verspürte und deshalb nachts oft stundenlang wach lag und die Zimmerdecke anstarrte.

Zur Beruhigung genehmigte ich mir eine kalte Coke aus dem Kühlschrank. Clara war der Meinung gewesen, dass mein ungesunder Lebenswandel einen Großteil dazu beitrug, dass ich nicht ganz auf der Höhe war. Aber was hatte ich von einer Yoga-Lehrerin erwartet?

Schon bei unserem ersten Date hätte ich wissen müssen, dass es für uns beide keine Zukunft geben konnte. Dazu waren wir einfach zu verschieden. Das hatte mir mein Verstand gesagt. Ein anderes Körperteil hatte sich in ihre langen Beine und die vielen Sommersprossen in ihrem Gesicht verliebt. Das erste Mädchen, in das ich mich als Junge verliebt hatte, hatte auch welche gehabt. Und damit war die Sache entschieden.

Nun gingen wir jedoch schon eine ganze Weile wieder getrennte Wege. Wie lange konnte ich mit Gewissheit nicht sagen. Jeder Tag in der Agentur war gleich und auch irgendwie anders. Die Zeit flog nur so dahin.

Als ich die Kühlschranktür wieder schloss, fiel mir Grannys Bild ins Auge, das ich mit einem Magneten daran befestigt hatte. Sie hatte einen Strohhut auf und einen Cocktail in der Hand. Wenn jemand das Leben zu leben gewusst hatte, dann sie. Und wenn ich damals als kleiner Junge nicht mit meinen Eltern nach London gezogen wäre, hätte ich sicher von ihr gelernt, wie das ging.

Doch zu meinem und ihrem Leidwesen waren meine Eltern zu der Überzeugung gelangt, wir müssten in die Großstadt ziehen und das beschauliche St. Ives hinter uns lassen, wenn wir es in unserem Leben zu etwas bringen wollten. Viel arbeiten, um etwas zu werden – das war es, was meine Eltern mir vorgelebt hatten. Mich hatte dabei zwar keiner gefragt, aber wir waren dennoch umgezogen.

Für Mum und Dad war es ganz gut gelaufen, auch wenn die Nachmittage am Strand damit vorbei waren und sie mehr geschuftet hatten als ihr ganzes Leben zuvor in Cornwall. Auf ihre Weise waren sie damit glücklich gewesen. Sie hatten ihre beruflichen Erfolge gefeiert und sich an dem Luxus des Großstadtlebens gefreut, den sie sich nun leisten konnten. Fragen konnte ich sie leider nicht mehr, da sie bereits vor acht Jahren bei einem Autounfall ums Leben gekommen waren. Die Ironie daran: Es war bei der Fahrt in den Urlaub passiert.

Auch Granny war vor ein paar Monaten gestorben. Meine letzte noch lebende Verwandte. Nun war ich ganz mir selbst überlassen.

Ich öffnete die Dose in meiner Hand und prostete Granny zu.

»Cheers!«

Lächelnd erwiderte sie. Ich konnte sie dabei sogar lachen hören. Sie hatte so ein warmherziges Lachen, das einen problemlos anstecken konnte. Egal, wie schlecht man zuvor drauf war. Ein paar Minuten mit Granny, und die Welt war wieder okay.

Ich hatte zwar keine Ahnung, wie sie das angestellt hatte, aber sie und ihr offener, gut gelaunter ansteckender Charakter fehlten mir sehr.

Mit einem schlechten Gewissen sah ich hinüber zu dem Papierstapel, auf dem sich neben Rechnungen und wichtigen Schreiben auch ihr Testament befand. Ihr Cottage in St. Ives hatte sie mir vermacht. Was nicht verwunderlich war, da es außer mir keine weiteren Nachkommen mehr gab. Es war dennoch merkwürdig für mich, nun ein Haus in Cornwall zu besitzen.

Lang war es her, dass ich das letzte Mal dort gewesen war. Immer war irgendetwas wichtiger gewesen als eine Reise in meine alte Heimat. Wieder spürte ich dieses beklemmende Gefühl in meiner Brust. Halt suchend stützte ich mich an der Stuhllehne ab, während ich versuchte, langsam ein- und wieder auszuatmen. Clara hatte mir die Technik gezeigt. Meist half es, mich zu beruhigen. Oft kamen die Schmerzen jedoch wieder. Und dann meist schlimmer als zuvor.

Das, was ich brauchte, war eine Auszeit. Das wäre es auch, was ein Arzt mir raten würde. Nichts anderes hatte mir Clara tagein, tagaus gepredigt. Aber ich hatte nicht auf sie gehört. Schließlich konnte ich als Miteigentümer der PR-Agentur nicht einfach alles stehen und liegen lassen und verreisen. So lief das nicht. Nicht in London.

Damals, als Richard mich ins Boot geholt hatte, um unsere eigene Agentur zu gründen, hatte ich Verantwortung übernommen. Und ich war stolz darauf. Ich konnte mich noch genau daran erinnern, wie aufregend und neu das alles für uns gewesen war. Endlich waren wir nicht länger von einem mürrischen Chef abhängig, der bei Besprechungen mit dem gefürchteten Locher um sich schmiss. Nein, wir waren unsere eigenen Herren.

Noch heute durchflutete mich Dankbarkeit, wenn ich an unsere abenteuerliche Anfangszeit zurückdachte. Dabei lag die noch gar nicht mal so weit zurück. Durch äußere Umstände, wie beispielsweise die unzähligen Überstunden, die vorzugsweise an den Wochenenden und Feiertagen im Büro entstanden waren, musste mir die Zeit wesentlich länger vorkommen, als sie tatsächlich gewesen war.

Mein Blick schweifte zurück zu Granny, während ich den nächsten Schluck aus der Dose nahm und mir ernsthaft Sorgen über die Schmerzen in der Brust machte, die nicht aufhören wollten, mich zu quälen.

Ein ungewohnter Gedanke tauchte auf: War es das wirklich wert? Das Gefühl der Freiheit und Unabhängigkeit aus den Anfangszeiten unserer Selbständigkeit hatte sich doch längst verflüchtigt. Wenn ich ehrlich war, fühlte ich mich inzwischen von der Last der nicht enden wollenden Verpflichtungen erdrückt. Kein Wunder, dass mich die Beklemmungen kaum mehr ausreichend atmen lassen wollten. Wollte ich bis zum Ende meiner Tage ein Sklave meiner eigenen Agentur sein? Wenn ich nicht bald den Absprung schaffte, würde mich dieser Job weit mehr verletzen, als es der Locher von Mr Peters je gekonnt hätte.

Bisher hatte die Agentur immer oberste Priorität in meinem Leben eingenommen. Ich war stolz auf meinen beruflichen Erfolg und genoss es, für meine steile Karriere bewundert zu werden. Mein Job war mein Lebensinhalt. Aber jetzt hatte ich auf einmal wieder dieses bedrückende Gefühl, als ob ein Mr Peters hinter mir stünde, der mir die Lust am Leben verleidete. Wann war das passiert?

In Gedanken versunken, durchstreifte ich mein Apartment und steuerte das Wohnzimmer an, wo ich mich auf die Couch fallen ließ. Wahllos zappte ich durchs Fernsehprogramm. Als ich gerade keine Lust mehr hatte, mir das Trauerspiel weiter anzuschauen, weckte eine Reportage über Cornwall mein Interesse.

In meiner alten Heimat gab es laut dem Bericht nicht nur das beste Fish-and-Chips-Restaurant des Landes, sondern auch noch eine aufstrebende junge Generation Gin-Destillateure, die sich und die malerische Region gerade ganz neu in Szene setzten.

Interessiert lauschte ich den Worten, während mein Blick wie gebannt an den Bildern hing. Automatisch machte ich mir in Gedanken ein Konzept, wie man die PR für diese neue Generation an mutigen Jungunternehmen gestalten müsste. Doch schon im nächsten Moment sah ich mich, wie ich in einer kleinen Strandbar eine dieser neuen Ginsorten probierte und das Leben einfach nur noch genoss.

Der Schmerz in der Brust ließ allmählich nach. Meine Lider wurden schwer, ehe ich schließlich mit den Bildern meiner Kindheit vor Augen einschlief und dabei einen wichtigen Entschluss fasste.

Kapitel 3

Ailla

»Kermit, wo bleibt er denn nur?«

Mein grüner Laubfrosch stand mit dem Rücken zu mir auf seiner Leiter und sah hinaus in Richtung Meer. Seit rund zwanzig Jahren war er nun in meinem Besitz und diente mir seither als verlässlicher Wetterfrosch. In diesem Moment wäre es mir allerdings viel lieber gewesen, der Gute hätte mir Auskunft darüber erteilen können, wann die neue Aushilfe endlich eintreffen würde. Vor vierzig Minuten hätte der Kandidat bereits hier sein sollen.

Seufzend warf ich das Küchentuch auf den Tresen und arbeitete die soeben entgegengenommenen Bestellungen ab, während sich in meinem Rücken das Geschirr stapelte, das ich gestern nicht mehr in die Spülmaschine verräumen konnte.

So viel war in den letzten Tagen liegen geblieben, wozu ich schlichtweg nicht gekommen war. Da waren beispielsweise die Bestellungen bei meinen Lieferanten, die ich dringend in Angriff würde nehmen müssen, wenn ich demnächst nicht ohne Kaffee oder Tee dastehen wollte. Über die Buchhaltung, die ich bereits seit Monaten sträflich vernachlässigte, wollte ich gar nicht erst sprechen.

»Du siehst müde aus«, stellte Liz fest, die sich auf einen der Barhocker am Tresen setzte und mich mit großen Augen ansah.

»Guten Morgen, Liz. Es geht schon. Ich warte gerade auf meine neue Aushilfe, die jeden Moment eintreffen müsste.«

Dass dieser Moment vor knapp fünfzig Minuten bereits verstrichen war, wagte ich ihr jedoch nicht zu offenbaren.

»Das klingt vernünftig«, erklärte Liz.

Erst jetzt fiel mir auf, dass sie einen schwarzen Wollmantel trug. Dabei herrschte draußen strahlender Sonnenschein. Sogar Kermit saß noch immer weit oben auf seiner Leiter. Das Wetter würde also auch nicht spontan umschwenken.

»Ist außerhalb des Tea Rooms die Eiszeit ausgebrochen, oder warum trägst du diesen dicken Mantel?«, fragte ich lächelnd.

»Pst!«, machte Liz und sah sich dabei zu allen Seiten hin um.

Ich folgte ihrem Blick, konnte allerdings nichts Verdächtiges erkennen, außer hungrige Großstädter, die für eine Tasse Kaffee mittlerweile vermutlich bereit waren zu morden.

»Was ist denn passiert?«, fragte ich mit gesenkter Stimme.

Liz sah sich abermals prüfend um.

Dann bedeutete sie mir, mich ihr ein Stück weit zu nähern.

Ich tat ihr den Gefallen, auch wenn ich gerade überhaupt keine Zeit für konspirative Gespräche hatte. Aber was tat man nicht alles für die alte Liz?

»Ich bin doch in dieser Müll-Sache unterwegs. Da muss ich schon von Berufs wegen darauf achten, nicht allzu sehr aufzufallen. Das ist sozusagen meine Arbeitskleidung.«

Wenn der Mantel eines bewirkte, dann, dass Liz wie ein bunter Hund auffiel. Aber das konnte und wollte ich ihr nicht sagen. Schließlich lebte sie für ihre Ermittlungen und die Spannung, die sie damit verband.

»Bist du denn schon weitergekommen?«

Noch während ich das fragte, schäumte ich Milch auf und ließ zwei weitere Kaffees durch. Ein Smoothie wurde zudem bestellt, der dringend an den Tisch gebracht werden musste. Außerdem waren zwei Sandwiches zu belegen und Porridge mit frischen Früchten zu versehen. Der ganz normale Wahnsinn zur Frühstückszeit eben. Am Nachmittag gab es zum Glück nur Kuchen, den teilweise mein Dad als ehemaliger Konditor lieferte, während der weitaus größere Teil von mir gebacken werden musste.

»Noch nicht so richtig. Aber ich bin dran. Du brauchst also keine Sorge zu haben. In deinem Müll stöbert so bald niemand. Darauf achte ich.«

Bei ihrem letzten Satz wurde ich hellhörig. Streifte sie etwa des Nachts auf der Jagd nach Kriminellen hier an der Promenade umher? Hin- und hergerissen zwischen dem Verständnis für ihre Leidenschaft und der Sorge um die alte Frau wusste ich nicht so recht, was ich darauf erwidern sollte.

Grundsätzlich wäre es jedoch sicher besser, sie würde ihre Nächte in ihrem Bett verbringen. Allerdings wusste ich auch, dass Liz sich von niemandem etwas sagen ließ. Also konnte ich es auch getrost lassen, ihr mit guten Ratschlägen zu kommen. Vor allem, wenn ich mir im Klaren darüber war, dass sie diese ohnehin in den Wind schlagen würde.

»Wie ist die Lage?«

Meine Freundin Sarah tauchte so plötzlich neben Liz auf, dass ich die Vermutung hegte, die Besitzerin des Café *The Mermaid* hätte sich schon die ganze Zeit unter ihrem schwarzen Mantel befunden.

»Sarah? Was machst du denn hier?« Irritiert sah ich zwischen ihr und Liz hin und her.

»Emma ist heute in ihrer Buchhandlung eingespannt. Sie kommt nicht weg und hat mich gebeten, bei dir nach dem Rechten zu sehen.«

Womit hatte ich nur so liebe Freundinnen verdient?

»Es geht schon. Ich warte auf die Aushilfe. Danach wird es sicher leichter.«

Sarah sah prüfend auf ihre Uhr.

»Hätte der Kerl nicht bereits vor einer Stunde hier aufmarschieren sollen?«, gab sie zu bedenken.

Zu dumm aber auch, dass ich Emma und Sarah davon erzählt hatte. Ihnen würde ich, im Gegensatz zu Liz, nichts vormachen können.

»Er verspätet sich eben«, erwiderte ich und sah dabei auf meine Armbanduhr, die nach wie vor kein Erbarmen mit mir hatte. Der Zeiger schritt unablässig voran.

»Kann das hier raus? Für welchen Tisch ist das?«, fragte Sarah und schnappte sich kurzerhand das fertige Tablett.

»Nein, lass das bitte. Du hast genug in deinem eigenen Café zu tun. Ich möchte das nicht.«

Sarah machte große Augen.

»Ich sag dir mal, was ich nicht möchte: eine Freundin, die ich in absehbarer Zeit im Krankenhaus besuchen muss, weil sie sich völlig übernommen hat. Wenn du so willst, dann ist mein Einsatz vollkommen egoistischer Natur. Und was mein Café anbelangt, kann ich dich beruhigen. Meine Mitarbeiter sind vollzählig erschienen und wuppen den Laden auch ganz prima ein paar Stunden ohne mich. Also, verrätst du mir jetzt den Tisch, oder muss ich raten?«

Kopfschüttelnd sah ich meine Freundin an, während mir Tränen der Rührung in die Augen schossen.

»Du weißt schon, dass ich auf ewig in Emmas und deiner Schuld stehen werde.«

Sarah grinste und schüttelte ihren kurzen brünetten Bob, während ihre grünen Augen übermütig leuchteten.

»Du kennst doch den Spruch der Musketiere: Einer für alle und alle für einen. So haben wir es schon immer gehandhabt. Wenn Emma oder ich Hilfe benötigen, bist du auch für uns da. Immer. Lass dir helfen,

Ailla. Ich weiß, es fällt dir nicht leicht, aber tu's für uns. Ja?«

Liz klopfte Sarah bekräftigend auf die Schulter.

»Das hätte ich nicht besser sagen können, mein Kind.«

Damit erhob sie sich von ihrem Platz und verabschiedete sich nach Hause in ihr Bett. Wenigstens eine, die sich vernünftig zeigte.

Sarah marschierte samt Tablett nach draußen, nachdem ich ihr die Tischnummer genannt und mein schlechtes Gewissen ein wenig besänftigt hatte. Wenn Sarah und Emma mich brauchten, würde ich ebenso bei ihnen auf der Matte stehen und mich kümmern. Das war selbstverständlich. Darüber brauchte ich mir keine Gedanken zu machen.

Allerdings schaffte es Sarah ja auch, Mitarbeiter für ihr Café zu finden, während ich in meinem Tea Room seit beinahe vierzehn Tagen auf mich allein gestellt war. Das konnte so auf keinen Fall weitergehen. Vielleicht musste ich den Stundenlohn etwas anheben, auch wenn er jetzt bereits überdurchschnittlich hoch war. Nur würde mir das vermutlich mitten in der Saison nicht mehr so viel bringen. Da waren die guten Arbeitskräfte schon überall verpflichtet, und ich bekam nur noch die ab, die sonst keiner wollte.

Nach knapp zwei Stunden entspannte sich die Lage wieder ein wenig. Ich vergewisserte Sarah, dass sie nun problemlos in ihren eigenen Laden zurückkehren konnte und ich allein klarkommen würde. Sie ging allerdings erst, nachdem ich ihr zugesichert hatte, mich bei ihr zu melden, falls ich doch noch mal Hilfe benötigen sollte.

»Entschuldigen Sie, ich bin auf der Suche nach ...«, hörte ich einen Mann in meinem Rücken sagen.

Ich wandte mich ihm zu und wartete darauf, dass er den Satz beendete. Wie ein klassischer Tourist sah er nicht aus. Viel zu businessmäßig, zu wenig casual. Doch anstatt weiterzusprechen, sah er wie gebannt hinüber zu Kermit, der nach wie vor auf seiner Leiter stand und keine Anstalten machte, davon herunterzuklettern.

»Das ist ein Wetterfrosch«, erklärte ich und hoffte, dass damit alles gesagt wäre.

Ich wollte mich schon wieder meiner Arbeit zuwenden, als ich mir der Worte des Unbekannten bewusst wurde. Er war auf der Suche nach jemandem gewesen. War das womöglich meine Aushilfe, die vor knapp drei

Stunden hier hatte aufkreuzen wollen? Na, der Kerl hatte Nerven. Das musste ich ihm lassen.

»Kannst du gleich übernehmen? Tisch vier und sieben wollen zahlen, und an Tisch drei müsste man noch die Bestellungen aufnehmen.«

Dann deutete ich nach draußen und erklärte ihm kurzerhand, welcher Tisch welcher war, und schob ihm anschließend eine kleine Gedächtnisstütze in Form eines Zettels zu, den er prima in die Hosentasche schieben konnte.

»Ich verstehe nicht …«, hob er an.

»Ach ja. Natürlich. Wo bin ich nur mit meinen Gedanken? Hier ist der Geldbeutel mit dem Wechselgeld. Kartenzahlung ist auch möglich, allerdings hat das Gerät manchmal einen Aussetzer, dann muss man es unbedingt noch mal ausschalten und nach fünf Sekunden erst wieder anschalten. Meist hilft es. Falls dem nicht so sein sollte, müsstest du dir das Ersatzgerät holen. Es befindet sich hier unter der Theke. Ach, und wir nehmen die Bestellungen noch händisch auf. Das sollte es dir erleichtern, die Karte schnell auswendig zu lernen. Habe ich noch was vergessen?«

Nach wie vor sah mich der Kerl irritiert an.

»Kermit geht es gut. Er sitzt seit fast zwanzig Jahren in diesem Terrarium. In der Natur wäre er schon längst tot. Also mach dir keine Sorgen um meinen Laubfrosch und widme dich vielmehr den Wünschen unserer Gäste. Okay?«

Es war in der Vergangenheit schon das ein oder andere Mal vorgekommen, dass Gäste mich auf Kermit angesprochen hatten. Nicht selten war dabei die Frage aufgekommen, ob Kermits Haltung auch artgerecht war.

Wenn ich mir Kermit so ansah, dann hatte ich schon das Gefühl, dass es ihm bei mir gefiel. Natürlich konnte ich ihn nicht fragen, wie er sich in seinem Zuhause fühlte oder ob er viel lieber mit den anderen Fröschen draußen auf der Wiese spielen würde.

Ab und an überlegte ich tatsächlich, ihn wieder dorthin zu bringen, wo ich ihn einst bekommen hatte. Aber würde ich damit nicht die letzte Brücke zu dem Jungen kappen, der für das erste Verliebtsein in meinem Leben verantwortlich war? Zwar hatte ich Jory seither nicht mehr besonders oft gesehen. Seit seine Granny vor wenigen Monaten gestorben war, verband ihn nichts mehr mit Cornwall. Sicher würde er nicht mehr hierher zurückkommen. Wenn es stimmte, was man so hörte, dann hatte er in London Karriere gemacht. Und uns alle vergessen. Einschließlich mich. Und Kermit.

»Tisch eins würde gerne zahlen, und was mache ich mit den Belegen des Kartengeräts?«, fragte mich mein neuer Aushilfskellner, von dem ich bislang nicht mal den Namen kannte.

»Ich bin übrigens Ailla«, stellte ich mich ihm vor.

Der Mann Anfang dreißig zögerte kurz und blickte auf den großen schwarzen Geldbeutel in seiner Hand, mit dem er soeben die Gäste abkassiert hatte.

»Ich bin …« Für einen Moment versank mein Blick in seinen Augen. »… George«, erwiderte er und klang dabei ein wenig unsicher.

»George?« Ich blinzelte verwirrt.

Er nickte.

»Also gut, George, warum kommst du so spät?«

Ich nahm ihm die Quittungsbelege aus der Hand und verstaute sie in einer Box unter dem Tresen.

»So spät?«, hakte er nach.

Oh, der Gute hatte noch nicht mal realisiert, dass er den Job nur der Tatsache verdankte, dass ich ohne ihn aufgeschmissen war. Jeden anderen Kandidaten, der drei Stunden später als veranschlagt bei mir im Tea

Room aufgetaucht wäre, hätte ich postwendend nach Hause geschickt.

Aber George machte den Eindruck, als hätte er sich für sein Vorstellungsgespräch extra herausgeputzt. Ein Vorgestellungsgespräch bei einer Bank, wohlgemerkt. Das blaue Polo-Shirt stand ihm zwar gut, und in den dunklen Jeans hatte er einen recht ansehnlichen Knackarsch, aber für den Job hier bei mir wäre etwas Bequemeres sicher die bessere Wahl gewesen. Zumindest dann, wenn das mit uns von Dauer sein sollte.

Durch seine großen braunen Augen schlängelten sich goldfarbene Sprenkel, die an die Ausläufer der Milchstraße erinnerten. Sie kamen mir bekannt vor, ich konnte mich allerdings nicht daran erinnern woher.

»Na ja, vereinbart war, dass du um neun Uhr auf der Matte stehst. Jetzt ist es bereits halb eins. Ich nenne das spät. Wie nennst du das?«

Ich verschränkte meine Arme vor der Brust und lehnte mich seitlich am Tresen an.

»Unverantwortlich«, erwiderte er, wie aus der Pistole geschossen.

Damit hätte ich nun wahrlich nicht gerechnet. Gewappnet hatte ich mich dagegen schon gegen jede Art von Ausrede. So viel Zuspruch brachte mich ein wenig aus dem Konzept.

»Gut, gut. Dann sind wir ja einer Meinung. Könnten wir uns vielleicht darauf einigen, dass du morgen bereits um neun Uhr hier erscheinst? Sonst ergibt das zwischen uns dauerhaft keinen Sinn.«

»Das zwischen uns?«, erwiderte er mit weit aufgerissenen Augen.

Seine Stirn lag in geschwungenen Wellen vor mir, die mich an das Meer erinnerten. Das Entsetzen war ihm dennoch deutlich anzumerken.

»Ich meinte die geschäftliche Beziehung zwischen uns«, relativierte ich, als ich mir der Doppeldeutigkeit meiner Worte bewusst wurde.

»Klar.«

Die Wellen verschwanden so schnell, wie sie gekommen waren. Das ließ hoffen.

Denn so ungern ich es auch zugeben wollte: Ich war auf George angewiesen. Wenn er morgen nicht mehr erschien, musste ich mir ganz dringend überlegen, wie es weitergehen konnte. Schließlich war ich nur ein Mensch mit zwei Händen. So manches Mal brauchte man aber mehr zupackende Unterstützung. Ganz besonders dann, wenn man einen gut florierenden Tea

Room hatte, der in den Sommermonaten gefragt war und in den Wintermonaten aufgrund der beengten Verhältnisse im Raum selbst schauen musste, wie er sich halten konnte.

»George? Du kommst doch morgen. Oder?«

Ich kam nicht umhin, meine Ängste offen anzusprechen. Wenn er vorhatte, mich im Stich zu lassen, dann hätte ich es am liebsten jetzt auf der Stelle gehört und mich der Situation gestellt.

»Ich werde da sein. Versprochen!«

Wie zum Beweis hob er die rechte Hand zum Schwur in die Höhe.

Das letzte Mal, dass das jemand getan hatte, war damals in der Grundschule gewesen. Ich erinnerte mich daran, wie ich mit Jory im Meer gebadet hatte, obwohl meine Eltern es mir verboten hatten. Damals hatte ich eine Wunde am Fuß, und sie hatten Angst, sie könnte beim Schwimmen aufreißen und sich neu entzünden. Eine berechtigte Sorge. Denn genau das war eingetreten, obwohl Jory sich damals so vor meine Eltern gestellt und ihnen hoch und heilig versichert hatte, dass wir nicht im Wasser gewesen wären.

»D-danke«, kam es mir ein wenig peinlich berührt über die Lippen, als ich mir meiner eigenen Gedanken bewusst wurde.

Bis vor wenigen Minuten war mir George noch völlig fremd gewesen. Und nun, nach nur wenigen Sätzen, hatte ich das Gefühl, mit ihm auf irgendeine unbeschreibliche Art und Weise verbunden zu sein.

Also nicht mit George. Sondern mit Jory. Oder besser gesagt: mit George, der sich ein bisschen wie Jory verhielt.

Mir schwirrte der Kopf.

»Ich habe nur eine kurze Mittagspause. Könnte ich bitte gleich bestellen?« Eine junge Kundin stürzte auf George zu, der augenblicklich ein freundliches Lächeln aufsetzte und den Block zückte.

Der Mann war gut. Er war sogar sehr gut. Blieb nur die Frage, ob er mir auch erhalten bleiben würde. Noch wagte ich nicht mal zu hoffen, dass er am nächsten Morgen hier aufschlagen würde. Versprechen hin oder her, ich hatte in den vergangenen Wochen unzählige Aushilfskräfte kennengelernt, die sich abends noch lächelnd von mir verabschiedet hatten und tags darauf nicht mehr im Tea Room erschienen waren.

Kapitel 4

Jory

Als ich die Tür zu Grannys kleinem Cottage öffnete, musste ich husten. Staub war aufgewirbelt und tänzelte durch die Luft, beschienen von der spätnachmittäglichen Sonne, die schon bald hinterm Haus verschwunden sein würde.

Die Tür in meinem Rücken fiel ohne mein Zutun ins Schloss. Erschrocken blickte ich mich bei dem klackernden Geräusch nach hinten um. Doch bis auf den Staub, die alten Möbel, das Brennholz neben dem Kamin und den vielen Bildern an der Wand, die von schönen alten Zeiten erzählten, war ich allein.

Für meine überstürzte Abreise – oder sollte ich eher von Flucht sprechen? – hatte ich nichts weiter als meine Reisetasche gepackt und das Nötigste hineingegeben. Sie sah neben mir auf dem Teppich fast ein wenig mickrig aus.

Wieder musste ich mich fragen, was ich hier eigentlich tat. Granny war gestorben. Niemand empfing mich mit offenen Armen. Wie auch? Schließlich hatte ich niemandem Bescheid gegeben, dass ich kommen würde. Und Ailla? Ausgerechnet ihr war ich als Erstes in die Arme gelaufen. Und jetzt hatte ich unverhofft in ihrem Tea Room als Aushilfe angeheuert. Was für ein Chaos! Ich schmunzelte, wurde aber gleich wieder ernst, als ich daran dachte, dass ich ihr einen falschen Namen genannt hatte. Wieso hatte ich nicht einfach gleich gesagt, wer ich war? Ich hatte einen Moment zu lange gezögert und es dann nicht mehr über mich gebracht. Dafür waren viel zu viele Jahre vergangen, in denen wir kein einziges Wort miteinander gewechselt hatten.

Wieso eigentlich noch gleich?

Wir hatten uns doch immer gut verstanden. Oder? Es gab nie einen Streit zwischen uns. Auch nicht, nachdem ich nach London gegangen war. Aber irgendwann hatten sich unsere Lebenswege in unterschiedliche Richtungen entwickelt und nicht wieder verbunden. Bis heute.

Das Handy in meiner Hose vibrierte. Für den Bruchteil einer Sekunde hoffte ich, es könnte Ailla sein, der ich zum Abschied meine Nummer gegeben hatte, wie zum Beweis, dass ich wiederkommen würde. Lächelnd hatte sie sie in ihrem Handy eingespeichert. Allerdings hatte sie nicht den Eindruck gemacht, die Tatsache würde sie in irgendeiner Hinsicht beruhigen. Vermutlich ging sie nach wie vor davon aus, dass ich sie morgen im Stich lassen würde. Sie wirkte verzweifelt.

»Ja, Richard. Was gibt's?«

»Was es gibt?«

Bildete ich es mir nur ein oder wirkte Richard ein wenig nervös? Ohne ihn zu sehen, konnte ich mir dennoch bildhaft vorstellen, wie sein rechtes Augenlid zuckte, während er mich gerade anrief.

»Die Hütte brennt, Jory. Wir haben ein paar Entscheidungen zu treffen, die grundlegend für die Zukunft unserer Agentur sind. Und was machst du? Anstatt dich deiner Verantwortung zu stellen, fährst du mal eben nach Cornwall, um das Erbe deiner Großmutter anzutreten. Sag mir bitte, dass das nur ein dummer Scherz von dir war und du morgen wieder im Büro erscheinst. Ich brauche dich hier. Schnellstmöglich! Und nicht erst in zwei Wochen. Was war das überhaupt für eine kryptische Nachricht, die du mir hast zukommen lassen? Ich hatte zuerst das Gefühl, du würdest nie wieder zurückkommen.«

»Ich … muss ein paar Dinge in meinem Leben regeln. Das ist alles«, relativierte ich und griff dabei nach der Reisetasche am Boden, die sich dort wie eine Bull-dogge auf den Teppich gefläzt hatte.

»Warum so plötzlich? Du kannst wie jeder andere in unserer Agentur Urlaub einreichen, wir reden darüber, so wie wir es immer getan haben, und dann fährst du. Nach reiflicher Planung. Wenn jeder weiß, was er von dir vertretungshalber übernehmen muss. Nachdem du einen Abwesenheitsassistenten eingerichtet und …«

»Ist ja schon gut, Richard. Ich habe dich verstanden. Du bist mehr als unzufrieden darüber, dass ich so kurzfristig aufgebrochen bin. Es tut mir auch echt leid. Aber es … ging schlichtweg nicht anders. Okay?«

Mit stetig zunehmendem schlechtem Gewissen stieg ich Stufe um Stufe der Treppe hinauf ins Oberge-schoss. Dabei fiel mir ein, dass ich im Gegensatz zu Richard in den vergangenen drei Jahren überhaupt keinen Urlaub gemacht hatte. Ich war in meinem Hamsterrad gefangen gewesen und hatte mich selbst unerbittlich vorangetrieben. Nichts war mir so wichtig vorgekommen wie die Agentur, die Verpflichtungen gegenüber den Kunden, die drängenden Termine. Ab-surd eigentlich.

Hinten links in dem Zimmer hatte ich immer über-nachtet, wenn ich Granny besuchen gekommen war.

Als ich es öffnete, war es fast ein wenig, als wäre ich nie weg gewesen. Auf dem Schreibtisch lag noch immer das Puzzle, das wir beide zusammen gemacht hatten. Das musste eine Ewigkeit her sein. Augenblicklich überkam mich ein Gefühl von Wehmut.

Warum hatte ich so lange gezögert, wieder nach Hause zu kommen? Wenn ich doch nur ein wenig früher Einsicht gezeigt hätte, dann hätte ich Granny vielleicht noch mal sehen können.

»Jory, du bist der Mitinhaber einer der angesagtesten PR-Agenturen dieser Stadt. Weißt du eigentlich, was das heißt?«

Richard kam noch immer nicht von seinem hohen Ross runter. Da brachte es auch nichts, etwas zu erwidern. Stattdessen stellte ich meine Tasche neuerlich auf den Boden. Der Teppich des Zimmers war rot mit goldenen Tupfern darauf. Ich konnte mich nicht daran erinnern, dass in diesem Raum je ein anderer Teppich gelegen hätte.

»... und was das jetzt alles wieder kostet. Allein die Überstunden, die wir nun brauchen, um das Turner-Projekt fertigzustellen, sind ...«

Beinahe andächtig fuhren meine Augen über die einzelnen Tupfer am Boden, ehe sie an der Schlafcouch hochglitten und den übrigen Raum durchstreiften.

Die Luft in dem Raum war stickig. Die Sonne hatte ihn erwärmt. Ich ließ Richard an meinem Ohr seinen Frust ablassen, während ich zum Fenster lief und es weit öffnete.

Von hier aus hatte man einen wunderschönen Blick auf die Bucht von St. Ives. Es herrschte gerade Flut. Dutzende kleine bunte Boote lagen dort wie ein Konfettiregen im Hafenbecken. Kaum einer angelte, so wie das früher der Fall in dem kleinen Fischerdorf gewesen war. Meistens waren es Touristen, die dort auf dem Meer herumschipperten und sich die Sonne auf den Pelz scheinen ließen.

»Außerdem bin ich mir nach wie vor nicht im Klaren darüber, wie du dir das jetzt genau vorstellst. Es wäre also tatsächlich angebracht, wenn du dich diesbezüglich mal äußern könntest. Schließlich habe ich keine Glaskugel, aus der ich mir meine Informationen holen kann.«

Richard quengelte wie ein kleiner Junge, dem man den Lolli weggenommen hatte. Dabei war er ein erwachsener Mann, der sich seinen Problemen für gewöhnlich ganz gut stellen konnte.

Meine Abwesenheit schien ihn regelrecht aus der Bahn zu werfen wie die Kugel bei einem Bowlingspiel. Alle neun auf einmal.

»Richard, jetzt mach dir mal nicht gleich ins Hemd. Die Verbindung nach London scheint ja auch aus Cornwall ganz wunderbar zu funktionieren. WLAN habe ich noch keins. Granny hat das nie gebraucht. Aber ich werde mich darum kümmern und mich zeitnah bei dir melden.«

»Zeitnah? Was heißt denn bitte *zeitnah*?«

Wenn ich zuvor noch nicht ganz sicher war, bestätigten sich bei den Worten meines Kompagnons meine Befürchtungen: Richard war in Panik, ein Ausnahmezustand, den er kaum bis gar nicht kannte. Für gewöhnlich war ich nämlich derjenige von uns beiden, der die Kohlen aus dem Feuer holte, wenn es brenzlig wurde.

Richard hingegen liebte es, an den Wochenenden raus aufs Land zu fahren und Golf zu spielen. Dabei vergaß er alles und jeden um sich herum. In die Agentur verirrte er sich eigentlich höchst selten.

Und im Gegensatz zu mir hatte er bei seinen ausgedehnten Auszeiten meist sein Handy ausgeschaltet. Vielleicht sollte ich hier ganz ähnlich verfahren. So in den nächsten vierzehn Tagen?

»Bis bald, Richard«, beendete ich schließlich das Gespräch, als ich spürte, dass wir uns im Kreis drehten.

»Aber ich weiß doch noch gar nicht …«

Die nächsten Minuten stand ich einfach nur da und blickte hinaus aufs Meer. Ein Lächeln stahl sich auf meine Lippen, wenn ich daran dachte, dass ich erst gestern Abend die Reportage im Fernsehen angeschaut hatte und heute die Bilder live und in Farbe sehen konnte.

Mit ein wenig Stolz verinnerlichte ich, dass es sich bei der Szenerie, die sich mir bot, um meine Heimat handelte. Die schönste Landschaft überhaupt. Nirgends war der Himmel weiter und die Luft besser als hier in Cornwall.

Wie hatte ich das alles doch vermisst! Warum war ich mir dessen nicht viel früher bewusst geworden? Dann hätte ich viel mehr Zeit mit Granny verbringen und raus aufs Meer schauen können.

Außerdem war sie eine fantastische Köchin gewesen. Ihre Eintöpfe, Pasties und ihr Hevva Cake waren ein Gedicht. Wenn ich die Augen schloss und mich an sie erinnerte, konnte ich manchmal sogar noch den Geschmack auf meiner Zunge schmecken. In London suchte man diese Spezialitäten jedoch vergebens.

Manchmal hatte ich das Gefühl, man bekam dort in der Großstadt alles und nichts – einen Schmelztiegel an Genüssen, Gerüchen und Geschmäckern, doch keine eigene Identität.

Mein Blick wanderte noch immer über das Meer, die Boote und die Touristen und die Einheimischen, die sich am Strand und im Wasser vergnügten. Ob Ailla wohl eine von ihnen war?

Schon machte ich mich mit meinen Augen auf die Suche nach ihr. Kaum zu glauben, wie sie sich in den letzten Jahren verändert hatte. Während sie als kleines Mädchen zu Pausbacken neigte und eine schreckliche dicke Brille trug, war sie heute kaum wiederzuerkennen.

Es hatte tatsächlich einige Augenblicke gedauert, bis ich mir ganz sicher war, dass ich Ailla Holmes gegenüberstand. Erst als ich Kermit in seinem Terrarium auf der Leiter sitzen sah, konnte ich mir ganz sicher sein.

Ich seufzte bei dem Gedanken daran, dass ich mich Ailla als George vorgestellt hatte. Warum hatte ich mich in diesen Schlamassel manövriert? Nun würde es kaum noch möglich sein, diesen Fehler wiedergutzumachen. Schließlich konnte ich schlecht vorgeben, an Amnesie zu leiden.

Aber vielleicht hatte das Ganze ja auch etwas Gutes. Durch meinen Job in ihrem Tea Room würde ich Ailla noch ein bisschen besser kennenlernen können. Bislang wusste ich nichts darüber, wie ihr Leben in den vergangenen Jahren verlaufen war. War sie verheiratet? Hatte sie womöglich schon Kinder? Oder war sie anderweitig liiert?

Meine Reise nach Cornwall war offensichtlich nicht nur meine Art, mit dem drohenden Burn-out klarzukommen, sondern auch eine Reise in die Vergangenheit. Eine Reise zu mir selbst.

Kapitel 5

Ailla

»Wie bitte? Seid ihr denn von allen guten Geistern verlassen? Ich dachte, wir wären Freundinnen.«

Empört stemmte ich die Hände in die Seite und blickte zwischen Sarah und Emma hin und her.

»Wir haben es doch nur gut gemeint«, rechtfertigte sich Sarah.

Emma, die mit ihren langen braungelockten Haaren und den hellblauen Augen wie ein Model aussah und zumeist kein Wässerchen trüben konnte, stand wie vom Donner gerührt neben Sarah.

»Eine Anmeldung auf einer Datingplattform? Ehrlich? Ich meine, sehe ich so verzweifelt aus, dass man mich auf einer dieser Seiten im Netz anmelden muss?«

Nach wie vor war ich mir nicht sicher, ob ich auf die Offenbarung meiner beiden Freundinnen hin lachen oder doch eher weinen sollte. Was hatten sie sich nur dabei gedacht, mich auf einer dieser einschlägigen Kuppelseiten im Internet anzumelden? Ich war glücklich so, wie es war. Es gab keinen Grund, etwas an meinem jetzigen Leben zu ändern.

Seit Kyle vor einigen Monaten seine Sachen gepackt hatte und zurück nach Edinburgh gegangen war, stand mir nicht unbedingt der Sinn danach, mich abermals auf einen Mann einzulassen. Viel zu oft war ich in der Vergangenheit enttäuscht worden.

»Wir finden, du solltest auch mal wieder was für dein Herz tun«, ergriff nun Emma leise das Wort.

Mein Herz? Das hatte ich nach der Trennung von Kyle auf Eis gelegt, und ich hatte nicht vor, es in naher Zukunft wieder aufzutauen. Es war verletzt und brauchte noch Zeit. Schließlich hatten Kyle und ich schon von Heirat und Kindern gesprochen, ehe er sich plötzlich der Tatsache bewusst wurde, nicht für das Landleben gemacht zu sein.

Eines Tages war er aufgewacht und wusste ganz genau, dass er hier bei mir in St. Ives nicht würde glücklich werden können. Als hätte seine Festplatte über Nacht ein Update erhalten.

Seither hatte ich mich verbissen in die Arbeit gestürzt und war abends hundemüde ins Bett gefallen. Nicht mal mit Sarah und Emma war ich in den letzten Monaten ausgegangen, um auf andere Gedanken zu kommen. Der *Heavensplace* und mein kleines windschiefes Cottage am Rande von St. Ives, das ich mir vor ein paar Jahren gekauft hatte, waren in den vergangenen Monaten meine einzigen Anlaufstellen gewesen. Insoweit konnte ich doch ganz gut verstehen, warum Sarah und Emma sich darum bemühten, dass ich wieder unter Leute ging. Aber eine Datingplattform? Das war …

»Und warum gehen wir dann nicht gemeinsam zu Finley ins *Sloop Inn* und trinken etwas zusammen?«

Emma und Sarah tauschten Blicke.

»Du weißt, dass wir immer für dich da sind«, appellierte Emma an mein Gewissen.

»Und wir wollen nur das Beste für dich«, holte Sarah weiter aus.

»Und das Beste für mich ist also ein Date mit einem Unbekannten? Was, wenn der Typ Mundgeruch hat oder mir an die Wäsche will? Habt ihr darüber schon mal nachgedacht?«

»Es gibt ein Match«, erwiderte Sarah und klang dabei, als wäre damit alles gesagt.

»Ein Match?«, hakte ich nach.

Emma nickte begeistert und erinnerte dabei ein wenig an einen Wackeldackel, den man sich Ende der Neunzigerjahre hinten auf die Hutablage im Auto gestellt hatte. Mein Dad war ein riesiger Fan dieser Tierchen gewesen und hatte sich gleich vier gekauft. Das

Wackeln ihrer Köpfe hatte mich beinahe seekrank gemacht. So ganz hatte ich mich mit den possierlichen Tierchen nicht anfreunden können.

»Wir haben dich nicht auf irgendeiner Datingplattform angemeldet. O nein! Wir haben uns da wirklich gut informiert und abgewogen, wo wir die besten Ergebnisse erzielen können«, meinte Emma.

»Dabei sind wir auf diese Seite im Netz aufmerksam geworden, wo Psychologen anhand der eingegebenen Daten einen passenden Kandidaten aussuchen, der gut zu einem passen würde.«

Davon hatte ich ja noch nie gehört.

»Ihr wollt mich also zu einem Date mit einem Mann überreden, der perfekt zu mir passen könnte?«

Jetzt nickten Emma und Sarah beide wie besagte Wackeldackel aus meiner Kindheit. Und auch bei ihnen stellte sich dieses flaue Gefühl in meinem Magen ein. Oder hatte es vielmehr mit der Tatsache zu tun, dass ich Bedenken gegenüber diesem Date hatte?

Mit einem beherzten »Guten Morgen« machte George auf sich aufmerksam.

Ich stellte ihn Emma und Sarah vor und erklärte ihm, dass Ware gekommen war, die er verräumen konnte, bevor die ersten Gäste kamen.

»Der ist ja schnuckelig«, sagte Emma hinter vorgehaltener Hand, als George außer Hörweite war.

Ich zuckte mit den Schultern.

»Er ist eine ganz passable Aushilfe. Bislang ist ihm nur ein Glas runtergefallen. Mal sehen, was der heutige Tag so bringen wird.«

»Bleibt er denn länger?«

Interessiert blickte Sarah ihm nach.

Ich konnte nicht mit Gewissheit sagen, dass sie ihm dabei auf den Hintern starrte, aber ich war mir bei dem Lächeln auf ihren Lippen ziemlich sicher, dass dem so war.

»Hoffentlich. Anstatt mich auf einer Datingseite anzumelden, hättet ihr mir noch zwei weitere Aushilfen besorgen können, die für den Notfall einspringen würden.«

»Du denkst zu viel an die Arbeit«, resümierte Emma.

Und auch wenn ich ihr nur ungern recht gab, musste ich ihr in diesem Punkt zustimmen.

Kyle hatte auch gesagt, dass er das Landleben hier in Cornwall viel besser ertragen hätte, wenn wir öfter verreist wären. Aber mit einem eigenen Laden war das nicht so einfach. Ich konnte nicht mal eben alles stehen und liegen lassen und in der Hauptsaison wegfahren.

Das ging nicht. Zumindest nicht ohne Vorbereitung und Planung.

Wenn es nach Kyle gegangen wäre, dann hätten wir ganz spontan unsere Sachen gepackt und wären aufgebrochen. Irgendwohin. Auf unbegrenzte Zeit. Und so gerne ich ihm auch gesagt hätte, dass ich mitkommen wollte, ich konnte es nicht. Nicht mit der Verantwortung, diesen Tea Room zu leiten.

Dad hatte mir den *Heavensplace* vermacht, als seine Krebserkrankung keine regelmäßige Arbeit mehr zuließ. Seither erholte er sich prächtig. Allerdings wollte ich ihm nicht das Gefühl geben, die falsche Entscheidung getroffen zu haben, als er mir sein Baby anvertraute.

»Wann soll dieses Date denn sein?«

Es war nicht fair von mir, die Bemühungen meiner Freundinnen derart mit Füßen zu treten, auch wenn ich noch nicht restlos von der ganzen Sache überzeugt war. Schließlich meinten es die beiden nur gut mit mir.

Sarah grinste freudig.

»Du wirst sehen, das wird wunderbar«, säuselte Emma, als George zurück in den Laden kam.

»Willst du mal ein Bild von ihm sehen?«, bot Sarah mir an.

Es war das eine, mich auf ein Date mit einem Unbekannten einzulassen, und etwas ganz anderes, ihn bildlich vor mir zu sehen. Kurz zögerte ich, ehe ich Sarah darum bat.

»Er sieht eigentlich ganz nett aus.«

Sarah hatte mir ihr Handy gereicht und ein Bild darauf vergrößert, das sie von den Psychologen der Plattform, auf der sie ein Profil von mir angelegt hatte, erhalten hatte.

Der Mann auf dem Foto schien in meinem Alter zu sein, vielleicht ein wenig älter. Seine Augen wirkten warm und herzlich. Besonders gut gefiel mir das wirre Haar, das ihn verwegen wirken ließ.

»Ich könnte mir vorstellen, dass ihr beiden euch gut versteht.«

Augenzwinkernd nahm Sarah das Handy zurück und steckte es in ihre Handtasche.

»Und wann soll ich den nett aussehenden Kerl nun treffen?«

Noch hatte ich mich nicht ganz darauf eingelassen, aber das würde schon noch werden. Schließlich würde ich einiges an Zeit haben, um mich gebührend darauf vorzubereiten.

»Heute Abend«, erwiderte Emma ein wenig kleinlaut.

»Heute Abend?«, fragte ich, einem Nervenzusammenbruch nahe.

Sarah nickte bestätigend.

»Wie habt ihr euch das denn bloß vorgestellt? Und was hättet ihr gemacht, wenn ich mich stur gestellt hätte und partout nicht auf die Sache eingegangen wäre?«

»Wir wollten nicht eher gehen, bis wir dich zu deinem eigenen Glück gezwungen hätten«, erklärte Sarah.

»Wo sollen denn die Kisten hin?«, fragte George, von dem ich nicht wusste, wie viel er von der Unterhaltung zwischen uns dreien mitangehört hatte.

»Die kannst du hier unter die Theke stellen. Danke dir.«

Schon stand George mehr oder minder neben mir. Ein erfrischender Duft wehte aus seiner Richtung und erinnerte an warmes Sandelholz und die holzige Note von Vetiver. Einer meiner Exfreunde hatte mal in einer Parfümerie gearbeitet, weshalb ich mich ganz gut mit diesen Düften auskannte.

Georges Duft war originell und einzigartig.

»Ich denke, wir sollten jetzt besser gehen«, hörte ich Sarah im nächsten Moment sagen.

»O ja!«, rief Emma mit Blick auf ihre Armbanduhr. »Ich muss dringend die Buchhandlung aufschließen. Meine Lieferung müsste in den nächsten Minuten eingehen. Sam verspätet sich für gewöhnlich nie.«

Emma war seit einer halben Ewigkeit in Sam verknallt. Nur leider hatte sie bisher nicht den Mut gefunden, ihn anzusprechen und nach einem Date zu fragen. Vielleicht sollten Sarah und ich zwischen den beiden vermitteln, wenn wir schon dabei waren, uns in das Liebesleben der jeweils anderen einzumischen.

»Ich schicke dir die genauen Daten für das Date später noch zu. Ja? Halte dich ab zwanzig Uhr bereit.«

Sarah klang aufgeregter, als ich mich fühlte. Oder ich stand unter Schock. Schließlich hatte ich bislang keine Gelegenheit gehabt, die bisherigen Erlebnisse und Offenbarungen des Tages zu verdauen.

»Kann ich etwas für dich tun?«, fragte George, der noch immer neben mir stand.

»Ach ja. Danke, George. In den nächsten Minuten werden unsere ersten Gäste kommen. Schau bitte nach, ob alle Tische sauber sind und die Karten bereitliegen. Und dann heißt es: auf in den Kampf.«

Und das in gleich mehrfacher Hinsicht.

Kapitel 6

Jory

»Ich würde gerne zahlen. Hallo? Hören Sie mich?«

Wie aus weiter Ferne drang die Stimme der älteren Dame an mein Ohr. Entschuldigend reichte ich ihr die Rechnung und nahm dafür ein paar Pfundnoten entgegen.

Das alles lief vollmechanisch ab, da ich in Gedanken noch immer bei der Szene war, die sich mir am heutigen Morgen im *Heavensplace* geboten hatte. Da ich erst später dazugekommen war und nicht die ganze Zeit neben den drei Frauen gestanden hatte, war ein Großteil meiner Überlegungen rein spekulativ. Und dennoch war ich mir fast sicher, die einzelnen Puzzleteile richtig aneinandergesetzt zu haben. Nach und nach ergab sich ein deutliches Bild, das mir jedoch bei genauerer Betrachtung kein bisschen gefiel.

Das Positive? Jetzt wusste ich zumindest, dass Ailla Single war. Das hatte ich gestern, als ich hier ankam, noch nicht gewusst. Ein Fortschritt, wenn man so wollte. Was ich allerdings unter gar keinen Umständen wissen wollte, war die Tatsache, dass Ailla sich heute

Abend mit einem anderen Mann traf. Einem Mann, dem sie bisher noch nicht begegnet war, wenn ich die Gesprächsfetzen richtig verstanden hatte.

»George, ich bräuchte dich kurz hier drinnen.«

Winkend stand Ailla in der Tür, um auf sich aufmerksam zu machen. Ich stand noch immer an dem Tisch, den ich soeben abkassiert hatte, der inzwischen jedoch verwaist war. Mir war gar nicht aufgefallen, dass die ältere Dame schon gegangen war. Auf dem Tisch lag eine Pfundnote. Offenbar mein Trinkgeld.

Mit einem »Ich komme gleich« schnappte ich mir das Teegeschirr und machte mich aus dem mit Palmen umrankten Garten von St. Ia's Church auf in Aillas Richtung.

»Was kann ich für dich tun?«, fragte ich, nach außen hin die Ruhe selbst, während Ailla eine ihrer rotblonden Strähnen hinters Ohr schob und in Richtung Deckenleuchte deutete.

»Die Glühbirne muss ersetzt werden. Das Licht flackert. Würdest du die Leiter kurz festhalten, während ich hochsteige?«

Eine Gruppe quirliger Mädchen verließ gerade den Raum und rempelte mich dabei an. So sehr waren sie in ihr Gespräch vertieft.

»Soll ich das nicht machen?«, bot ich an.

Ailla schüttelte den Kopf.

»Die alte Lampe ist ein wenig eigen. Man muss einen Draht zu ihr haben, sonst lässt sich die Glühbirne nicht richtig eindrehen.«

Aillas Stimme klang sachlich und ernst. Dabei konnte ich ihr von der Nasenspitze ablesen, dass sie mich anlog. Nicht George. Jory. Der kannte diesen Ausdruck in ihrem Gesicht, dessen Wangen von Sommersprossen geziert waren. Aber das konnte ich Ailla schlecht sagen. Also hielt ich die Leiter, während Ailla nach oben stieg, um ihr Werk zu verrichten.

Die Gruppe Mädchen war gerade aus dem Inneren des Tea Rooms verschwunden, als ein paar Wanderurlauber hereinkamen, die vermutlich auf dem South West Coast Path unterwegs waren. Bewaffnet mit Tropenhut, Fotokameras und Ferngläsern um den Hals entsprachen sie dem klassischen Bild des Touristen.

»Entschuldigen Sie, wir benötigen einen Tisch für sieben.«

Ein älterer Herr mit schütterem Haupthaar und wässrig blauen Augen sah mich mit festem Blick an, während seine Hände leicht zitterten.

»Sie haben freie Platzwahl«, sagte ich und deutete zu den Tischen im Raum und im Garten.

»Gehört denn der Garten auch zum Tea Room?«, erkundigte sich der Mann.

»Richtig. Sie können gerne auch draußen in der Sonne Platz nehmen. Unserem Wetterfrosch Kermit nach zu urteilen, sollte es den Tag über sonnig und warm bleiben.«

»Ein Wetterfrosch?«, fragte er ungläubig.

»Dort drüben«, offenbarte ich, woraufhin ein ungeahntes Blitzlichtgewitter entfacht wurde.

Alle sieben Entdecker hatten ihre Fotokameras auf das Objekt der Begierde gehalten und abgedrückt. Der arme Kermit! Blieb nur zu hoffen, dass Frösche nicht besonders lichtempfindlich waren.

»Ich komme jetzt wieder runter«, hörte ich Ailla in meinem Rücken sagen.

Erst jetzt fiel mir auf, dass ich die Leiter, auf der sie nach wie vor balancierte, nicht mehr festhielt. Die Wandergruppe hatte mich aus dem Konzept gebracht.

Kaum dass ich mich zu ihr umgewandt hatte und nach dem kühlen Metall der Leiter greifen wollte, blieb ich mit meinem Fuß am unteren Teil hängen und kickte sie damit so ungünstig zusammen, dass der stabile Halt der Vorrichtung dahin war.

Schon kam Ailla samt Leiter ins Schwanken.

»Aaah«!

Ein gellender Schrei ertönte, ehe ich sie wenige Augenblicke später in meinen Armen auffing.

»Alles gut. Es ist nichts passiert. Die Leiter hat niemanden erschlagen, und ich halte dich ganz fest«, versicherte ich ihr, wobei sie Letzteres vermutlich selbst spürte.

»Das ist doch nicht möglich …«, hob Ailla an und blickte mir dabei fest in die Augen.

»Entschuldige bitte! Ich hatte für einen Moment nicht aufgepasst.«

»Diese Augen!«, murmelte Ailla, ohne dabei mit einer Silbe auf den Zwischenfall mit der Leiter einzugehen.

Noch konnte ich nicht sagen, ob das gut oder schlecht war.

»Hm?«, fragte ich irritiert, während Aillas grüne Augen sich zu schmalen Schlitzen verengten.

Ihr Blick durchbohrte mich nun regelrecht, während sich eine tiefe Furche durch ihre Stirn zog. Ich mochte nicht sagen, dass die Situation unangenehm war, denn schließlich hielt ich Ailla nach wie vor im Arm. Besonders wohl fühlte ich mich bei der strengen Musterung jedoch auch nicht.

»Ich könnte schwören, diese Augen schon einmal gesehen zu haben. Es ist zwar eine ganze Weile her, aber … Ich bin mir ganz sicher.«

»Wenn es dich beruhigt: die habe ich schon immer«, witzelte ich, um der leicht angespannten Atmosphäre etwas Heiteres zu geben.

Denn wenn Ailla so weitermachte, dann kam sie mir schneller auf die Schliche, als mir lieb war. Ich hatte mich in diese Situation hineinmanövriert und konnte nicht erklären, warum ich ihr meine wahre Identität nicht gleich verraten hatte. Jetzt wusste ich nicht, wie ich aus der Nummer wieder rauskommen sollte, ohne sie vor den Kopf zu stoßen.

Egal, ich war es leid, ständig wichtige Entscheidungen treffen zu müssen und das Für und Wider abzuwägen. Das musste ich schon täglich in der Agentur so handhaben. In dieser einen Sache hier wollte ich mich treiben lassen und vollkommen auf mein Bauchgefühl hören. Und das sagte mir ganz deutlich, dass es noch nicht so weit war, mich Ailla zu offenbaren. Noch nicht. Aber bald.

Kapitel 7

Ailla

Während ich mich zu Hause im Bad fertig machte, kreisten meine Gedanken um den heutigen Vormittag. Noch immer sah ich Georges Augen ganz deutlich vor mir. Dieses tiefe satte Braun und die leuchtenden Sprenkel darin. War das denn wirklich möglich? Oder täuschten mich meine Sinne? Solche Augen gab es sicher öfter. Das hatte nichts zu bedeuten.

Sarah hatte mir vor knapp einer Stunde die Daten für den heutigen Abend geschickt. Seither mischte sich in meine Gedanken eine gewisse Angst vor dem Treffen mit dem Unbekannten.

Würde ich ihn mögen? Was, wenn ich seinen Humor nicht lustig fand oder grundlegend anderer Meinung war als er? Bei allem? Was, wenn ich ihn einfach schrecklich fand? Konnte ich dann aufstehen und wieder verschwinden, oder erwarteten meine Freundinnen von mir, dass ich das heute Abend eisern durchzog?

Fragen über Fragen und keine einzige Antwort.

Das konnte ja noch heiter werden.

Sarah hatte für uns einen Tisch in einem angesagten Etablissement direkt am Hafen reserviert. *The Beach Restaurant* hatte zwar nur eine kleine Speisekarte vorzuweisen, aber man legte dort besonderen Wert auf Nachhaltigkeit und Regionalität. Aspekte, die mir auch in meinem Tea Room sehr wichtig waren. So bezog ich meinen Tee nur von Teebauern, die ich kannte und deren Arbeit ich bereits bestaunen durfte.

Kopfschüttelnd stand ich da und blickte in den Badezimmerspiegel vor mir, als ich mir der Tatsache bewusst wurde, dass meine Gedanken mal wieder abzudriften drohten. Wenn ich nicht zu spät kommen wollte, musste ich jetzt los.

Eilig kramte ich meinen Geldbeutel aus der Schublade der Kommode im Flur. Dabei fiel mein Blick auf ein Bild, das aus einem Stapel Papiere herausstand. Seit Jahren hatte ich es nicht mehr in der Hand gehabt. Und dann ausgerechnet heute.

Jory und ich waren darauf zu sehen, wie wir am Strand saßen und eine riesige Burg bauten. Sie war einzigartig mit den vielen Muscheln und dem Seetang darauf. Unser ganzer Stolz.

Lächelnd dachte ich an den Tag zurück, während ich die Aufnahme betrachtete. Jory und ich waren gute

Freunde gewesen. Vielleicht sogar die besten. Seit ich heute in Georges Augen glaubte, meinen Jugendfreund zu sehen, merkte ich erst, wie sehr ich ihn vermisste. Wirklich zu schade, dass der Kontakt zwischen uns abgebrochen war. Wir hatten uns blind verstanden. Die besten Sommer meines Lebens hatte ich mit ihm verbracht.

Doch das war Schnee von gestern. Ich musste nach vorn schauen und mich nicht ständig über meine Schulter nach hinten umsehen. Entschieden legte ich das Bild zurück in die Schublade und schloss sie energisch.

Dann nahm ich mir noch meinen Hausschlüssel aus der riesigen Muschel, die ich einst am Strand gefunden hatte, zog meinen dünnen Sommermantel über und brach auf ins Abenteuer.

Zu Fuß war ich nur knapp dreißig Minuten unterwegs. Doch mit jedem Schritt, den ich weiter in Richtung Hafen lief, hatte ich das Bedürfnis, umzukehren und nach Hause zu gehen.

Es war das eine, die Bemühungen meiner Freundinnen zu würdigen, aber etwas ganz anderes, sich der Situation auch zu stellen. Nie zuvor in meinem Leben war ich zu einem Blind Date gegangen. Und ich konnte nicht behaupten, dass mir diese Erfahrung besonders gefehlt hätte. Ganz im Gegenteil.

Ich wusste gerne, worauf ich mich einließ und was mir bevorstand. Völlig im Dunkeln zu tappen, war nicht unbedingt angenehm für mich. Aber vielleicht musste ich in dieser Hinsicht über meinen Schatten springen, um endlich mein Glück zu finden. Wer wusste das schon so genau?

Als ich schließlich vor dem Restaurant ankam, waren meine Hände schweißnass, und mein Herz hatte einen unruhigen Takt angestimmt. Unschlüssig stand ich vor der Tür, während meine Gedanken nach wie vor Achterbahn fuhren. Doch dann gab ich mir einen Ruck und ging hinein.

So schlimm würde es schon nicht werden, hoffte ich. Und wenn doch, konnte ich immer noch aufstehen und unter einem Vorwand wieder verschwinden. Niemand erwartete von mir, dass ich gute Miene zum bösen Spiel machte, falls sich das Date zur Katastrophe entwickelte.

»Oh, hallo, Ailla! Was verschafft uns die Ehre?«

Der Inhaber des *The Beach Restaurant* war mit mir zur Schule gegangen. Ohnehin fiel mir mal wieder auf, dass bei uns in St. Ives jeder jeden kannte. Nicht unbedingt die beste Voraussetzung für ein Blinde Date, aber nun auch nicht mehr zu ändern.

»Hallo, Andrew! Schön, dich mal wiederzusehen. Es müsste ein Tisch auf meinen Namen reserviert sein«, vermutete ich.

Denn mit Gewissheit konnte ich es nicht sagen. Sarah hatte mir dazu keine Informationen zukommen lassen. Etwas beunruhigt bemühte ich mich um ein freundliches Lächeln, während Andrew in seinen Reservierungen für den heutigen Abend nachsah.

»Das ist merkwürdig«, hob Andrew an, woraufhin mir augenblicklich der Atem stockte.

»Gibt es ein Problem?«, hakte ich nach.

Doch Andrew schüttelte den Kopf.

»Nein, nein! Alles in bester Ordnung. Es sitzt nur schon jemand an dem Tisch. Ich werde das Missverständnis gleich klären. Entschuldige, Ailla. Für gewöhnlich passieren hier nicht solche Fehler. Allerdings musste ich in den letzten Wochen neues Personal einstellen, und das sorgt erfahrungsgemäß in der ersten Zeit für Probleme. Zumindest bis zu dem Zeitpunkt, wenn alle aufeinander eingestimmt sind. Und es dann in die Winterpause geht. Aber wem sage ich das. Du kennst es sicher nicht anders.«

Lächelnd bekräftigte ich ihn.

»Es kann allerdings durchaus möglich sein, dass schon jemand da ist, Andrew. Das ist kein Fehler.«

Für den Wimpernschlag eines Augenblicks verlor Andrew die Fassung. Seine Augen zuckten leicht, während sich seine Brauen weit nach oben zu seinem Scheitel hoben. Doch schon in der nächsten Sekunde hatte er sich wieder im Griff. Einem Außenstehenden wäre es vermutlich nicht einmal aufgefallen.

»Bitte hier entlang.«

Andrew wies mir mit seiner Hand den Weg und lief dann Seite an Seite mit mir zu meinem Ziel.

An dem besagten Tisch saß jemand mit dem Rücken zu mir da, sodass er mich nicht sehen und ich keinen ersten Blick aus der Entfernung auf ihn werfen konnte.

»So, hier sind wir schon«, sagte Andrew, schob mir dann den Stuhl zurecht, reichte mir die Karte und überließ mich schließlich meinem Schicksal.

Oder sollte ich besser sagen: den konspirativen Plänen meiner Freundinnen?

»Hey«, meldete sich mein Gegenüber zu Wort.

Sein Lächeln offenbarte den Blick auf eine strahlend weiße Zahnreihe.

»Hey«, erwiderte ich wenig eloquent, aber schon etwas beruhigter.

Denn das Bild, das Sarah mir von ihm gezeigt hatte, stimmte ziemlich genau mit der Realität überein. Etwas, womit ich nicht unbedingt gerechnet hätte. Schließlich hörte man doch immer wieder, dass Leute falsche Profile anlegten, um an ein Date zu kommen. So mancher hatte dabei sicher schon sein blaues Wunder erlebt.

»Mein Name ist Pete, und ich freue mich, deine Bekanntschaft zu machen, Ailla.«

»Die Freude liegt ganz bei mir«, erwiderte ich freundlich, während ich die Speisekarte wie einen Schutzschild umklammert hielt.

Bis gerade eben wusste ich noch nicht mal, wie der Mann hieß, mit dem ich mich traf, während er meinen Namen offenbar bereits kannte. Woraufhin sich mir sogleich die Frage stellte, was er alles über mich wusste.

Was hatten Emma und Sarah in meinem Profil alles angegeben? Und was hatten sie lieber nicht erwähnt?

»Ich komme um vor Hunger. Lass uns mal einen Blick in die Karte werfen. Was meinst du?«

Das klang nach einem vernünftigen Vorschlag. Außerdem hatte ich auf diese Weise die Möglichkeit, ihn mir ein wenig genauer anzusehen, ohne dass er es bemerkte.

Pete hatte blondes kurzes Haar, das sehr akkurat geschnitten worden war. Vielleicht war er heute sogar noch beim Friseur gewesen, um sich auf das Date mit mir vorzubereiten. Dagegen hatte ich es lediglich unter die Dusche geschafft und mein Haar zu einem einfachen hohen Knoten gebunden.

Seine Augenfarbe konnte ich nicht erkennen, da er hoch konzentriert in seine Karte schaute. Aber wenn mich nicht alles täuschte, dann war sie blau. Seine Hände waren groß und leicht schwielig. Er arbeitete offenbar mit seinen Händen. Vielleicht war er Handwerker?

Über seine Größe konnte ich nur mutmaßen, da er schon saß, als ich eintraf. Allerdings hätte ich ihn etwas größer als mich eingeschätzt.

»Ich glaube, ich nehme den Burger mit Sweet Potato Fries. Und du?«

Ein wenig unbeholfen glitt mein Blick nun das erste Mal über die Speisekarte. Bislang hatte ich die komplette Zeit darauf verwendet, meinen Gegenüber näher in Augenschein zu nehmen, während er sich vordringlich für das Essen zu interessieren schien.

»Ich denke, ich werde das Lamm mit dem Kartoffelpüree und dem frischen Gemüse nehmen.«

Pete verzog kaum merklich sein Gesicht. Offenbar mochte er kein Lamm, oder er war aus irgendeinem anderen Grund nicht besonders glücklich über meine Auswahl. Da er es jedoch nicht essen musste, konnte es ihm herzlich egal sein, was ich bestellte.

»Wenn meine Mum Lamm kocht, dann riecht das Haus noch Tage später danach. Der Geruch gehört definitiv zu einem der ersten aus meiner Kindheit. Leider.«

Ich wusste noch nicht viel über Pete, aber sein Lamm-Trauma hatte er mir bereits anvertraut. Das ließ hoffen. Zumindest entwickelte sich die Unterhaltung nicht in diese gequält-gezwungene Richtung, von der keiner wusste, wie lange er sie ertragen konnte.

»Ich koche zu Hause nur selten Lamm und gönne es mir meist, wenn ich mal essen gehe«, offenbarte ich etwas von mir und meinem Leben.

Wenn ich Pete richtig verstanden hatte, dann wohnte er noch zu Hause. Ein Umstand, den ich bedenklich fand. Allerdings war es gut möglich, dass er längere

Zeit im Ausland gelebt hatte und nun erst mal nach einer neuen Bleibe Ausschau hielt. Oder aber er hatte sich erst vor Kurzem von seiner Freundin getrennt.

»Ah, okay. Das klingt vernünftig.«

Pete zog sein Handy aus der Hosentasche und tippte wahllos darauf herum, was ich ziemlich unhöflich fand.

Erst als Andrew höchstpersönlich zu uns an den Tisch kam, um unsere Bestellung entgegenzunehmen, legte er es schließlich zur Seite.

Nachdem ich das Lamm mit einem passenden Rotwein bestellt hatte, orderte Pete seinen Burger mit einem Cornish Rattler Draught.

»Und? Was machst du so beruflich?«, fragte er und klang dabei nicht sonderlich interessiert.

»Ich habe meinen eigenen kleinen Tea Room, den *Heavensplace*. Er ist gleich hier an der St. Ia's Church.«

»Das hört sich … spannend an. Ist sicher auch 'ne Menge Arbeit. Gastronomie stelle ich mir hart vor. Hast du da überhaupt noch Zeit für andere Dinge?«

Noch ehe ich antworten konnte, klingelte sein Handy. Mit dem Hinweis, dass er da unbedingt rangehen müsse, erhob er sich auch schon von seinem Platz und war im nächsten Moment zur Tür hinaus verschwunden.

Irritiert blickte ich ihm noch einige Sekunden nach, ehe ich ebenfalls mein Handy aus der Tasche kramte und dort eine Nachricht von Sarah in unserem Gruppenchat mit Emma entdeckte.

»Ich hoffe, du hast einen schönen Abend. Schreib doch später mal, wie es lief. Ganz viel Spaß, Ailla.«

Es juckte mich in den Fingern, Sarah und Emma zu schreiben, dass ich gegen Petes Handy nicht ankam. Stattdessen öffnete ich eine eingehende Nachricht von George. Wenn er mir jetzt schrieb, dass er den Job im *Heavensplace* nicht mehr wollte, würde mich postwendend ein Herzinfarkt ereilen.

Leicht panisch öffnete ich seine Nachricht. Doch zum Glück wünschte er mir nur einen schönen Abend und berichtete mir, dass er Kermit gefüttert hatte.

Ich überflog Georges Zeilen ein ums andere Mal. Er war echt ein netter Kerl. Dass er sogar an meinen Wetterfrosch gedacht hatte, ehrte ihn. Bisher hatte keiner meiner Angestellten nach Kermit gesehen oder ihn gefüttert.

»Sorry noch mal. Ging nicht anders. Das war meine Mum. Sie stellt Freitagabend immer die Speiseliste für die kommende Woche zusammen und spricht sich dann mit mir ab.«

»Oh, okay. Klar. Das ist … verständlich«, erwiderte ich und bemühte mich, ein freundliches Lächeln aufzusetzen, auch wenn mir der Wille dazu zunehmend fehlte.

Das klang nicht danach, als wäre Pete nur vorübergehend in seinem Elternhaus eingezogen. Wenn mich nicht alles täuschte, dann hatte er nie woanders gelebt. Das konnte ja noch heiter werden.

»Mum ist echt die Beste. Du solltest sie baldmöglichst kennenlernen. Ich bin mir sicher, dass ihr beiden euch gut verstehen würdet. Außerdem wäre es sicher hilfreich für dich, alles über meine Essgewohnheiten zu erfahren, bevor ich dann zu dir ziehe. Ich bin da etwas eigen. Aber das kann Mum dir dann alles haarklein und in Ruhe erzählen.«

Fassungslos starrte ich ihn an, während mir die Worte fehlten, etwas darauf zu erwidern. Hatte er mir gerade allen Ernstes vorgeschlagen, mich mit seiner Mum zu treffen, um seinen Speiseplan mit ihr abzustimmen? Erwartete er etwa von mir, dass ich ihn bekochte, seine Wäsche machte und ihn rundum versorgte? Aus welchem Zeitalter war der Gute nur entsprungen?

»So, ich habe hier einmal einen Pinot Noir und einen Cornish Rattler Draught«, erklärte eine freundlich lächelnde junge Frau Anfang zwanzig.

Pete erwiderte ihr Lächeln eine Spur zu freudig für mein Dafürhalten. Auch hatte ich das Gefühl, dass er mit ihr flirtete. Und das, während ich ihm gegenübersaß und alles aus erster Reihe mitansehen konnte.

»Das Bier ist natürlich für mich«, erklärte er macholike und zwinkerte der Bedienung vielsagend zu.

Ich seufzte und nahm augenblicklich einen Schluck aus meinem Weinglas. Ohne Alkohol war der Abend nicht zu überstehen, befürchtete ich. Auch wenn ich für gewöhnlich nicht so viel trank.

»Was machst du denn beruflich?«, stellte ich zur Abwechslung mal eine Frage an ihn.

Pete fuhr sich durchs Haar und überlegte laut.

»Ach, mal dies, mal das. Immer ein bisschen davon abhängig, was so anliegt. Ich binde mich nicht gerne längerfristig, mache lieber mein eigenes Ding. Wenn du verstehst, was ich meine.«

Oh, ich verstand. Mehr als mir lieb war.

Pete war also nicht nur ein Muttersöhnchen, das noch zu Hause wohnte, sondern schlug sich eher schlecht als recht mit Gelegenheitsjobs durch. Das war mit Abstand die Sorte Mann, die ich am allerwenigsten in meinem Leben wollte. Was hatten sich die renommierten Psychologen dieser Datingseite nur dabei gedacht, ein Match zwischen Pete und mir zu sehen? Wir waren Welten voneinander entfernt.

Oder lebten sie etwa nach der Prämisse: Gegensätze ziehen sich an?

»Cool. Doch, echt. Das hört sich … cool an.«

So langsam verlor ich vollends das Interesse, mich mit Pete zu unterhalten. Stattdessen nahm ich einen weiteren tiefen Schluck aus meinem Weinglas.

»Du hast ja einen ordentlichen Zug drauf. Alkoholikerin bist du aber nicht. Oder? Das wäre nämlich ein No-Go für mich. Ich habe eben erst einen Entzug hinter mir. Alkohol und Drogen. War 'ne harte Zeit. Aber jetzt bin ich clean. Und ich möchte es auch bleiben.«

Der Stolz darüber, seine Suchtkrankheit bezwungen zu haben, stand ihm offen ins Gesicht geschrieben.

»Das klingt toll. Ehrlich! Ich finde es beeindruckend, wenn man sich selbst wieder aus so einer Lage herausholt. Bewundernswert.«

Pete winkte ab.

»Im Grunde mache ich seit meiner Jugendzeit mit dem Thema rum. Ich war ständig in Kliniken zur Therapie. Oft ging es danach eine ganze Weile gut, dann gab es einen Rückfall.«

Stellte sich die Frage, ob es dann so ratsam war, Bier zu trinken.

Pete musste mein Blick aufgefallen sein.

»Bier ist voll okay. Das ist ja im Grunde gar kein wirklicher Alkohol. Auch wenn Mum da anderer Meinung ist. Ich denke, das Beste wird sein, wenn wir ihr nichts davon erzählen. Das könnte unser kleines Geheimnis sein. Was meinst du?«

Ich meinte, dass mir das hier nun wirklich eine Spur zu krass war.

Immerhin hatte ich mich unbefangen auf ein Blind Date mit einem Unbekannten eingelassen. Ich hatte mich ehrlich bemüht, dem ganzen Arrangement etwas abzugewinnen. Aber jetzt fühlte ich mich von Sekunde zu Sekunde immer unwohler in seiner Gegenwart.

Denn schon jetzt stand für mich außer Frage, dass ich Pete kein weiteres Mal treffen wollte. Match hin oder her, ich verspürte das dringende Bedürfnis, den Psychologen dieser Datingplattform mal gehörig die Meinung zu geigen. Hoffentlich hatten Sarah und Emma nicht zu viel für meine Anmeldung dort ausgegeben. Denn das Geld waren die Typen definitiv nicht wert.

»Ähm, klar«, erwiderte ich schließlich, als ich bemerkte, dass Pete mich nach wie vor durchdringend ansah.

Fast ein wenig beängstigend.

Aber das Versprechen konnte ich ihm guten Gewissens geben. Ich hatte nämlich nicht vor, auch nur ein Wort mit seiner Mutter zu wechseln. Schließlich würde ich sie nicht mal kennenlernen. Da war das überhaupt kein Problem.

»Das Lamm?«, fragte unsere Kellnerin des Abends plötzlich neben mir.

Ich hatte sie gar nicht kommen sehen.

Ganz im Gegensatz zu Pete, der schon ein paar Sekunden vorher ganz freudig in die Richtung geblickt hatte, aus der sie gekommen war. Er hatte seine Wahl offenbar getroffen. Ich konnte nicht sagen, dass ich es besonders bedauerte. Ganz im Gegenteil. Sollte er doch mit ihr glücklich werden.

»Dann ist der Burger sicher für Sie«, säuselte sie und blickte mit einem Augenaufschlag zu Pete.

»Ein echter Mann braucht was Ordentliches auf den Teller«, erwiderte er wie ein Neandertaler, der die Fähigkeit besaß, unsere Sprache zu sprechen.

Sie kicherte amüsiert und ging dann weiter an einen anderen Tisch, zu dem sie soeben gerufen worden war.

Ich nahm zum inneren Ausgleich einen Schluck aus meinem Glas und bestellte sogleich ein weiteres.

»Bist du sicher, dass du noch einen Wein trinken solltest? Weißt du, die meisten Menschen denken, sie wären nicht süchtig. Aber das ist ein Trugschluss. Oft merken sie es nur nicht. Ich bin dafür wohl das beste Beispiel. Jahrelang war ich ständig betrunken und dachte, das wäre vollkommen in Ordnung so.«

Ganz ruhig ein- und ausatmen, rief ich mir in Gedanken zu.

Jedes beschissene Date hatte einmal ein Ende. Meins war gerade mal noch ein Lammkotelett davon entfernt. Das würde ich irgendwie schaffen. Und danach wollte ich Pete und seinem Leben für immer den Rücken kehren. Mittlerweile war ich mir auch sicher, dass Emma und Sarah es verstehen würden.

»Ich kann dich beruhigen. Normalerweise trinke ich überhaupt keinen Alkohol.«

Pete hatte seinen Burger soeben mit beiden Händen umschlossen und an seinen Mund geführt. Herzhaft biss er hinein. Rot-weiße Farbtupfer zierten sein Gesicht. Doch er machte keine Anstalten, das missglückte

Gemälde wieder säubern zu wollen. Ganz im Gegenteil. Schon mit dem nächsten Biss war sein Gesicht über und über mit Ketchup und Mayo bedeckt.

Zunächst haderte ich mit mir. Dann machte ich ihn auf den Umstand aufmerksam.

»Du hast da was im Gesicht.«

»Lohnt noch nicht. Mach ich dann, wenn ich fertig bin. Aber danke dir.«

Ich zählte mich nicht zu den Leuten, die verbissen auf Tischmanieren bestanden. Allerdings war das, was Pete mir da von sich präsentierte, mit einem Schwein zu vergleichen, das sich in Gülle suhlte. Anders konnte ich diesen Ausnahmezustand beim besten Willen nicht bezeichnen.

Mittlerweile hing die Burgersoße nicht mehr nur in seinem Gesicht, sondern tropfte auch von seinen Händen auf die Tischdecke. Sein Platz war das reinste Schlachtfeld. Noch nie hatte ich jemanden so unappetitlich essen sehen. Und in meinem Tea Room hatte ich schon einige merkwürdige Typen gehabt. Aber Pete sprengte definitiv den Rahmen.

Ich konzentrierte mich auf mein Essen und vor allem den Wein. Als ich das nächste Mal in Petes Richtung blickte, hatte dieser mal wieder das Handy in der Hand.

In der ungewaschenen Hand, musste ich noch dazusagen. Igitt!

»Da muss ich kurz ran. Geht auch schnell«, behauptete er, als abermals ein Anruf einging, und machte sich samt illustrer Gesichtsbemalung und schmutzigen Händen auf den Weg nach draußen.

»Zahlen!«, bestimmte ich, als er außer Hörweite war und unsere Kellnerin soeben die Teller abräumte und mich nach einem weiteren Wunsch fragte.

Während ich auf die Rechnung wartete, zog ich abermals mein Handy aus der Tasche und las Georges Zeilen noch einmal. Ich überlegte, was ich ihm darauf antworten sollte, und musste sogleich wieder an seine wunderschönen Augen denken.

Ein Kribbeln machte sich in meiner Magengegend breit.

Verwundert über meinen plötzlichen Gefühlsausbruch legte ich das Handy unverrichteter Dinge zurück in die Tasche. Schließlich kannte ich George doch gar nicht. Am Ende war er so ein Typ wie Pete, der noch zu Hause lebte und keine Manieren mit auf den Weg bekommen hatte. Davon hatte ich für die nächste Zeit definitiv mehr als genug. Auch wenn ich mich keinesfalls als versnobt bezeichnen würde.

Grinsend und noch immer mit den buntesten Farben im Gesicht kam Pete zurück an den Tisch.

»Ich habe einen Job. Yes! Nichts Großes. Und auch nur für die nächste Woche. Aber immerhin.«

»Das klingt doch gut«, erwiderte ich und rang mir dabei sogar ein Lächeln ab.

»Ja, Carlos ist ein alter Freund. Wir beide haben schon einige Dinge gedreht. Also nicht ganz so illegal, wie es sich gerade anhört. Wirklich gestohlen haben wir nur zwei-, dreimal bisher. Wir holen uns eher die Sachen, die keiner mehr will.«

Ich wagte nicht nachzufragen, was er genau damit meinte. Zu sehr fürchtete ich mich vor der Antwort.

Und nur um das noch mal zu betonen: Das war so ziemlich das schrecklichste Date, das ich in meinem ganzen Leben erlebt hatte.

»Im letzten Jahr haben wir eine Edelstahlkugel gefüllt mit Gin gefunden, die wir mal lieber an uns genommen haben. Im Grunde kann man eigentlich sagen, dass wir die Sachen retten. Wenn ich es recht bedenke, dann gehören Carlos und ich zu den Guten. Was meinst du?«

Die Geschichte mit dem abhandengekommenen Gin hatte ich in der Zeitung gelesen. In einem nahe gelegenen See war der Gin zum Reifen in die Kugel gegeben worden, da er dadurch einen unverkennbaren Geschmack erhalten sollte. Unbekannte hatten ihn währenddessen entwendet. Niemand wusste, was daraus geworden war. Der Besitzer war dem Nervenzusammenbruch nahe gewesen. Schließich handelte es sich bei der Menge um einen Verkaufswert von umgerechnet rund fünfzehntausend Pfund.

»Wem darf ich die Rechnung geben?«, fragte unsere Kellnerin.

»Mir. Aber nur, wenn du deine Nummer draufschreibst. Und wenn du mir verrätst, wie du heißt«, erwiderte Pete noch immer in Kriegsbemalung ganz tough.

»Amanda. Ich heiße Amanda«, sagte sie und strich sich verlegen eine Haarsträhne aus dem Gesicht.

Dennoch machte sie nicht den Anschein, als würde sie Pete mit all dem Ketchup und der Mayo rund um die Mundpartie abschrecken. Wenn ich ihr Lächeln richtig deutete, dann fühlte sie sich von seiner Anweisung auch noch geschmeichelt. Verkehrte Welt!

»Schöner Name, Amanda.«

Pete war wahrlich ein Charmeur.

Dennoch reichte sie ihm die Rechnung erst, als sie ihre Nummer auf die Rückseite geschrieben hatte. Etwas in mir begehrte auf und wollte ihr sagen, dass sie da einen ganz dummen Fehler machte. Allerdings war jeder selbst seines Glückes Schmied. Und vielleicht passten Amanda und Pete ja wirklich zusammen.

»Ich melde mich.«

Augenzwinkernd sah Pete sie an, ehe sie sich zum nächsten Tisch aufmachte.

»Die Sache ist die … Ich bin im Moment ein wenig knapp bei Kasse. Wenn du also die Rechnung übernehmen könntest, wäre das echt cool von dir.«

Der Typ war der Burner.

»Klar. Kein Problem«, sagte ich und gab mich nach außen hin ganz ruhig und gelassen.

Schon im nächsten Moment legte ich das Geld, inklusive Trinkgeld, auf das Schälchen und zog meine Jacke über.

»Was denn? Willst du etwa bereits gehen? Es ist doch gerade so gemütlich. Wäre zu schade, wenn der Abend jetzt schon vorbei wäre. Oder?«

Das erste Mal bedachte er nun auch mich mit einem Augenzwinkern, auf das ich allerdings gut und gerne hätte verzichten können.

»Ich muss morgen früh raus. Der Tea Room. Du erinnerst dich?«

»Zu viel Verantwortung, Ailla. Das macht dich noch kaputt. Glaub mir, ich weiß, wovon ich da rede. Du solltest dringend einen Gang zurückschalten. Mach mal 'ne Woche Pause, dann weißt du, was ich meine.«

Lebensweisheiten eines Taugenichts waren nicht unbedingt das, was ich mir heute mit auf den Nachhauseweg nehmen wollte. Aber wenn ich Glück hatte, waren diese schnell wieder vergessen.

»Ich werde es mir zu Herzen nehmen«, sagte ich und erhob mich dennoch von meinem Stuhl.

»Warte! Wie geht es denn jetzt weiter mit uns? Ich komme mit.«

Noch ehe ich michs versah, war Pete auch schon auf den Füßen und begleitete mich ungefragt nach draußen.

Eine Tatsache, die mir besonders sauer aufstieß, weil wir am anderen Ende des Restaurants gesessen hatten und nun einmal den ganzen Raum durchqueren mussten, um den Ausgang zu erreichen.

Pete lief dabei wie selbstverständlich an meiner Seite, während ich hoffte, dass heute Abend nicht allzu viele Einheimische in dem Restaurant zu Abend aßen. Die

Chancen standen ganz gut. In der Hauptsaison machte man es sich lieber daheim gemütlich. Aber man konnte ja nie wissen.

Vor der Tür angekommen, sog ich eine frische Meeresbrise ganz fest in meine Lungen. Der salzige Geschmack legte sich augenblicklich auf meine Zunge. Es war ein untrügliches Gefühl von Heimat, das mich umfing, und die Gewissheit, dass ich nirgends sonst auf der Welt so glücklich sein könnte wie hier. Auch wenn es im Paradies das ein oder andere Mal Tage gab, an denen man besser nicht aus dem Bett steigen sollte. So wie heute beispielsweise.

»Ich muss da lang«, erklärte ich und deutete dabei in die Richtung.

»Oh, das passt mir gut. Den Weg muss ich auch nehmen«, behauptete er.

Erst jetzt wurde ich mir der Tatsache bewusst, dass ich keinen blassen Schimmer davon hatte, wo er wirklich wohnte. Dagegen waren die Informationen, die ich von ihm erhalten hatte, eher verstörend. Das mit dem Gin aus dem See war schon 'ne echt krasse Nummer. Die Typen wurden nach wie vor polizeilich gesucht. Das war kein Kavaliersdelikt. Wollte ich mit dem Kerl tatsächlich allein durch die Nacht laufen und ihm gleichzeitig auch noch zeigen, wo ich wohnte? Wohl eher kaum!

»Mach dir wegen mir keine Umstände. Ich bin schon ein großes Mädchen.«

Da mir die Vorstellung nach wie vor ungeheuer war, mich mit Pete auf den Weg zu machen, bemühte ich mich, ihn von seinem gefassten Plan abzubringen. Mein Bauchgefühl war in dieser Hinsicht untrüglich. Und für gewöhnlich konnte ich mich darauf verlassen.

»Das macht echt nichts. Muss ja, wie gesagt, eh dort lang.«

Das erste Drittel würden wir ohnehin am Hafen entlanglaufen, der nach wie vor hell erleuchtet war. Hier reihte sich ein Restaurant an das andere, dazwischen gab es ein paar urige Pubs und Cafés. Danach würde ich mir etwas einfallen lassen müssen, um meinen unfreiwilligen Begleiter wieder loszuwerden.

Während wir an den verschiedenen Locations vorbeiliefen, hielt ich mein Handy wie eine Waffe in der Hand. Man konnte ja nie wissen, was Pete mir noch so von sich offenbaren würde.

»Liz? Was machst du denn hier?«, rief ich.

Mit ihrem schwarzen Mantel wäre mir die alte Dame erst fast gar nicht aufgefallen, wie sie dort zwischen den Mülltonnen hauste und auf etwas zu warten schien.

»Pst!«, machte sie und hielt sich dabei den Zeigefinger vor den Mund.

»Nicht so laut! Sie könnten uns hören«, flüsterte sie und sah sich dabei zu allen Seiten hin um.

»Wer?«, fragte Pete in gewohnter Lautstärke.

»Diejenigen, die hier Nacht für Nacht im Müll wühlen«, erklärte sie.

Bei Liz' Worten musste ich unweigerlich Pete anstarren.

Er bemerkte es.

»Was? Damit hab ich ganz sicher nichts zu tun. Ich mach mich doch nicht am Müll anderer Leute zu schaffen. So weit kommt's noch. Sehe ich etwa aus wie ein Schwein, das gerne im Dreck spielt?«

Seine Worte klangen vorwurfsvoll, dennoch gelang es mir nur schwerlich, nicht prustend loszulachen. Schließlich zierten seine Wangen nach wie vor weiße und rote Mayo- und Ketchupflecken.

»Sollen wir dich nicht besser nach Hause bringen?«, fragte ich Liz besorgt.

Sie machte keinen besonders guten Eindruck auf mich. Außerdem sollte eine Frau ihres Alters nicht die halbe Nacht neben Mülltonnen kauern müssen. Warum fand sie bei ihren Detektivspielen nicht mal einen Fall, dem sie tagsüber und in einer ganz ungezwungenen Umgebung nachgehen konnte? Beim letzten Mal hatte ihr Fall sie aufs offene Meer hinaus geführt, weil jemand die ausgeworfenen Netze der Fischer stahl.

Mein Blick fiel abermals hinüber zu Pete. Allerdings konnte ich mir kaum vorstellen, was er mit den Fischen hätte anstellen sollen. Für alles konnte ich ihn schlichtweg auch nicht verantwortlich machen.

»Nein, nein. Lasst mich mal arbeiten, ihr beiden. Ich mach das heute nicht zum ersten Mal. Aber ich bin mir ganz sicher, dass mir der Kerl früher oder später in die Arme läuft. Und dann bin ich da, um ihn zur Rede zu stellen. Darauf könnt ihr Gift nehmen.«

Liz klang so überzeugt davon, dass ich ihr die Freude an dem Fall nicht nehmen wollte. Auch wenn ich nicht ganz ihrer Meinung war, was die Umstände anbelangte. Aber da ich mir sicher war, sie nicht zum Nachhausegehen ermutigen zu können, beließ ich es dabei.

»Viel Glück«, wünschte ich ihr, ehe wir weitergingen.

»Komische Frau, diese Liz. Kennst du sie näher?«, fragte Pete und wirkte dabei, als würde er die Nase rümpfen.

Mit Gewissheit konnte ich es allerdings aufgrund der schlechten Sichtverhältnisse nicht sagen. Mittlerweile hatten wir die Restaurants und Bars passiert und uns dem zweiten Drittel meines Nachhauseweges genähert.

»Sie ist eine gute Freundin.«

Wer etwas gegen Liz hatte, der hatte auch etwas gegen mich.

Außerdem hoffte ich auf diese Weise, dass Pete mich endlich in Ruhe lassen und sich schleichen würde. Was erhoffte er sich denn noch von dem Abend? Wenn er allen Ernstes glaubte, dass ich die Nacht mit ihm verbringen würde, dann war er definitiv schief gewickelt. Aber mich wunderte nichts mehr. Er litt augenscheinlich an komplettem Realitätsverlust.

»Ich finde die Frau unheimlich. Wenn mir die nachts irgendwo begegnen würde, hätte ich Angst vor ihr. Ein bisschen wie diese eine Frau im Central Park mit den Tauben da bei *Kevin allein in New York*. Kennst du den Film? Ich hab ihn bestimmt drei Millionen Mal geschaut. Ich könnte ihn gleich wieder gucken, weil er einfach so unfassbar gut ist.«

Jetzt wusste ich endlich, warum die geschätzten Wissenschaftler dieser vermaledeiten Datingseite der Meinung waren, Pete und ich wären das perfekte Match.

Schließlich mochte ich die Filme mit Kevin auch. Kurz vor Weihnachten machten Sarah, Emma und ich immer einen Filmabend bei mir, bei dem beide Filme gezeigt wurden. Sicher hatten sie das auf meinem Profil angegeben. Und schwupp war ich bei Pete gelandet. Ich sollte mir bei Gelegenheit ernsthaft Gedanken über meinen Filmgeschmack machen.

»Echt guter Film. Ich mag ihn gern.«

»Sag ich doch.«

Pete fühlte sich bestätigt, und das war für ihn die Hauptsache, schien mir. Was andere über ihn dachten oder sagten, war ihm gänzlich schnuppe. An und für sich eine gute Einstellung.

»Ich muss noch mal schnell in den *Heavensplace* und was nachsehen. Sorry, das fällt mir gerade erst wieder ein. Wenn ich das nicht erledige, dann gibt es morgen Probleme«, behauptete ich einer Eingebung folgend, irgendwie von meinem unfreiwilligen Begleiter loszukommen.

Irgendwie musste mir das doch gelingen.

»Okay. Aber mach schnell. Ich hab nicht ewig Zeit.«

Durch und durch ein Gentleman, dieser Pete. Aber ich war ohnehin nicht davon ausgegangen, dass er mir seine Hilfe anbieten würde.

Als wir die Promenade von St. Ives umrundet hatten, ging es für uns zu St. Ia's Church, die im fünfzehnten Jahrhundert einer kornischen Heiligen geweiht worden war, nach der auch die Stadt St. Ives benannt ist. Die Kirche befand sich unmittelbar am Hafen. Zwischen ihr und dem Hafenbecken war nur noch das Gebäude für das Rettungsboot der Stadt. Dunkel lag die Kirche vor uns. Schon machte ich mir Sorgen darüber, ob es wirklich so eine gute Idee gewesen war, hierherzukommen. Niemand würde mich hören, falls Pete mir an die Wäsche wollte und nicht mehr bis zum vermeintlichen Ziel warten konnte.

»Nett«, sagte Pete, nachdem er sich in meinem Tea Room umgesehen hatte.

»Danke«, erwiderte ich und ging hinter die Theke, wie um dort etwas furchtbar Wichtiges zu erledigen.

Die Frage blieb nur: Was?

Händeringend sah ich mich nach etwas um, das mich dazu befähigen würde, Pete jetzt und hier davon zu überzeugen, nach Hause zu gehen und mich in Ruhe zu lassen.

Georges Notizblock fiel mir ins Auge mit der letzten Bestellung des Tages darauf. Er hatte eine ausgesprochen schöne Handschrift. Und er war stark. Und hilfsbereit. Schließlich hatte er sich sogar um Kermit gekümmert, ohne dass ich ihn darum gebeten hätte.

Einem Impuls folgend, schnappte ich mir mein Handy und tippte ein paar wenige Worte an George, in denen ich ihn bat, zu mir ins *Heavensplace* zu kommen. Ich erwähnte keinen Grund und befürchtete bereits, er würde sich erst mal von mir bitten lassen. Doch wider Erwarten erhielt ich prompt die Antwort, dass er in fünf Minuten da wäre.

Erleichterung flutete meine Blutbahnen. Ohne George näher zu kennen, war ich dennoch der Überzeugung, dass er einer von den Guten war. Wer Wetterfrösche ohne Aufforderung fütterte, musste ein anständiger Kerl sein. So einfach war das.

Sarah und Emma wollte ich aus der Sache raushalten. Je weniger sie von Pete kennenlernten, desto besser. Schließlich hatten sie es nur gut gemeint. Ich wollte sie nicht mit der Tatsache konfrontieren, dass sie in dieser Hinsicht auf ganzer Linie versagt hatten. Das Ergebnis des Matches war nicht auf ihrem Mist gewachsen. Dafür konnten sie nichts. Nur über die Anmeldung auf dieser Datingseite würden wir dringend noch ein Wörtchen miteinander reden müssen. Besser gesagt über meine Abmeldung. Denn die war unumgänglich.

Zu einem weiteren Date mit einem Unbekannten würde ich mich nämlich so schnell nicht mehr hinreißen lassen.

»Bist du dann so weit?«

Pete machte keinen Hehl daraus, dass ihm der Zwischenstopp in meinem Tea Room nicht sonderlich gefiel.

»Kleinen Moment«, flötete ich.

Was musste ich denn noch alles tun, um diesen Kerl loszuwerden? Er verhielt sich wie eine schreckliche Klette. Außerdem hatte er so gar kein Gefühl dafür, was das Zwischenmenschliche anbelangte. Schließlich hatte ich ihm nie auch nur ansatzweise Hoffnungen gemacht.

Vorwerfen konnte ich mir nur, nicht rechtzeitig gegangen zu sein. Schon vor dem Essen hatte sich abgezeichnet, dass Pete und ich alles andere als ein Match waren. Wenn ich doch nur bereits zu diesem Zeitpunkt die Reißleine gezogen hätte, dann wäre mir so einiges erspart geblieben. Aber im Nachhinein war man bekanntlich immer klüger.

Schon im nächsten Augenblick ging die Tür auf, und George trat ein.

»George? Ist etwas mit Mum?«, fragte ich besorgt und hoffte inständig, er würde mitspielen.

Genaue Regieanweisungen hatte ich ihm in der Nachricht nicht zukommen lassen können. Dafür war die Zeit zu knapp.

George sah irritiert zwischen Pete und mir hin und her. Er schien sich zu wundern, was ich nach Ladenschluss mit diesem Mann hier machte. Da waren wir schon zu zweit.

»Sie ist … ins Krankenhaus gebracht worden. Wir sollten dringend zu ihr. Es geht ihr schlecht«, erklärte er und kam dabei ein Stück auf mich zu, wodurch er sich zwischen Pete und mich stellte.

»Echt jetzt? Das ist ja wohl ein Witz! Ich dachte, wir würden zu dir gehen und einen schönen Abend miteinander verbringen. Was soll die Scheiße?«

Wenn ich bisher noch Zweifel daran gehabt hatte, dass es Pete nur um seine Bedürfnisse gegangen war, als er mich nach Hause begleiten wollte, wurde ich jetzt gänzlich davon überzeugt. Was für ein Idiot!

»Du hörst ja, Pete. Tut mir leid. Aber ich muss zu meiner Mum.«

»Dann sehen wir uns morgen?!«

Seine Frage klang mehr nach einem Befehl.

»Das wird nicht möglich sein. Ailla muss sich um Mum kümmern«, sprang mir George zu Hilfe.

Ein guter Mann! Den sollte ich am besten auch während der Nebensaison behalten. Man konnte ja nie wissen.

»Ach, vergiss es!«

Pete ließ sich von dem Barhocker gleiten, auf dem er Platz genommen hatte, und verließ unter Protest und Gejammer den Laden.

Endlich Ruhe.

»Danke dir«, sagte ich nach einer Weile, nachdem wir einfach nur dagestanden und Pete hinterhergeschaut hatten.

Die Stille tat gut.

»Das war …«, hob George an und deutete in die Richtung, in die Pete soeben verschwunden war.

»… das wohl schlimmste Date, das ich je hatte«, vervollständigte ich seinen Satz.

»Du hast es einen ganzen Abend mit dem Kerl ausgehalten?«, fragte er mit einer gewissen Anerkennung in der Stimme.

»Frag nicht! Wenn es nach mir gegangen wäre, dann hätte ich mich erst gar nicht mit Pete getroffen. Dummerweise sind meine besten Freundinnen Emma und

Sarah der Ansicht, ich bräuchte ganz dringend einen Mann. Sie haben es nur gut gemeint.«

George machte große Augen bei meinen Worten.

»Ist er dir irgendwie zu nahegekommen?«

Ich schüttelte den Kopf.

»Nein, du bist zum Glück rechtzeitig hier gewesen. Der Typ machte nämlich den Anschein, als würde er kein Nein akzeptieren. Aber diesem Fall sind wir zum Glück zuvorgekommen. Vielen Dank noch mal, dass du so schnell kommen konntest. Ich schulde dir was.«

George machte eine wegwerfende Handbewegung.

»Ach, ich war sowieso in der Gegend. Nicht der Rede wert. Ehrlich.«

George sah mir direkt in die Augen. Sogleich bemerkte ich wieder diese vielen golden schimmernden Sprenkel in seinen Augen, die mich an die Ausläufer der Milchstraße erinnerten.

Sosehr ich mich auch bemühte, ich konnte einfach nicht wegsehen. Es war wie eine Sucht, die es zu befriedigen galt.

»Nun, dann …«, erhob George nach einer Weile das Wort.

Offenbar war ihm mein Starren unangenehm geworden. Dabei sah er mir ebenfalls in die Augen.

»Ja, genau …«, erwiderte ich und blinzelte verschämt.

Was war nur los mit mir? Ich war doch sonst nicht auf den Mund gefallen. Aber in Georges Gegenwart setzte irgendwas bei mir aus, während ich gleichzeitig nicht genug davon bekommen konnte, ihn anzusehen. Was bei genauerer Betrachtung ziemlich peinlich war.

Schließich kannte George den Grund dafür nicht. Und es wäre auch nicht sonderlich hilfreich, ihm von Jory, meiner ersten großen Liebe, zu erzählen. Das war viel zu lange her, auch wenn mich die Ähnlichkeit mit ihm verblüffte.

»Soll ich dich noch nach Hause begleiten?«, schlug George vor.

Ich zögerte für den Bruchteil einer Sekunde. Tatsächlich wäre es mir ganz recht gewesen, wenn ich meinen Nachhauseweg nicht allein antreten müsste. Schließlich stand immer noch zu befürchten, dass Pete irgendwo da draußen auf mich lauerte und nur darauf wartete, dass ich mich allein irgendwo hinbewegte. Andererseits wollte ich Georges Gutmütigkeit nicht über Gebühr beanspruchen. Er war ein guter Mitarbeiter. Ich wollte ihn nicht verlieren.

Geht es dir wirklich nur um die Tatsache, dass du Angst hast, seine Arbeitskraft zu verlieren?, fragte meine innere Stimme.

Doch darüber wollte und konnte ich im Moment nicht nachdenken.

»Ginge das denn?«, hakte ich nach.

George lächelte.

»Klar geht das. Ich habe heute nichts mehr vor. Es wäre mir also eine Ehre, Sie nach Hause begleiten zu dürfen, Mylady.«

George deutete eine Verbeugung an.

Ich musste lachen.

»Der vollendete Gentleman. Und damit das komplette Kontrastprogramm zum übrigen Abend.«

Nun war es an George zu lachen.

»Das klingt wirklich nach einem schrecklichen Date.«

Ich winkte ab.

»Frag besser nicht. Ich möchte die vergangenen Stunden schnellstmöglich wieder vergessen. Dabei sollte ich wohl besser nicht mehr darüber sprechen, damit sich die Eindrücke nicht nachhaltig in mein Bewusstsein vorarbeiten können.«

»Das klingt nur vernünftig«, entschied George und reichte mir seinen Arm zum Unterhaken.

Ich zögerte einen Moment, ehe ich die Einladung annahm. Es war merkwürdig, so nahe neben ihm zu laufen. Dennoch fühlte es sich gut an, an seiner Seite zu sein. Viel besser, als ich erwartet hätte, sogar.

Kapitel 8

Jory

»So geht das nicht weiter.«

Es war keine gute Idee gewesen, das Gespräch anzunehmen, ohne an diesem frühen Donnerstagmorgen überhaupt die Augen geöffnet zu haben. Stattdessen hätte ich es mir anders überlegen sollen, denn so wäre mir einiges an Kummer erspart geblieben.

»Auch dir einen wunderschönen guten Morgen, Richard. Was kann ich für dich tun?«

»Ich habe dein Konzept zu Gelderman gelesen.«

Daher wehte der Wind.

»Und?«, hakte ich nach und zwang mich, die Augen zu öffnen.

»Das kann nicht dein Ernst sein, Jory. Was ist nur in dich gefahren?«

Offenbar war Richard nicht ganz meiner Meinung, was mein Konzept anbelangte.

»Du hast jederzeit die Möglichkeit, dich selbst einzubringen. Ich bin schon sehr auf deinen Gegenentwurf gespannt. Jetzt muss ich allerdings los. Wir hören uns.«

»Aber, Jory ... So geht das nicht. Du kannst doch nicht ...«

»Bis bald.«

Damit beendete ich das Gespräch und streckte erst mal meine müden Glieder.

Seit dem Vorfall in Aillas *Heavensplace* waren nun schon sechs Tage vergangen. Ich hatte sie aus einer misslichen Lage retten müssen, aber wirklich geredet hatten wir darüber nicht mehr. Es kam mir nicht richtig vor, sie auszufragen. Und Ailla machte auch keine Anstalten, sich über den Abend unterhalten zu wollen. Mit Emma und Sarah hatte sie wohl darüber gesprochen. Allerdings nur in gekürzter Version.

Noch immer musste ich daran denken, wie ich mit ihr nach Hause gelaufen war. Ihr Cottage befand sich gar nicht weit von Grannys Haus entfernt. Gerade mal zwei Straßen lagen zwischen uns. Und eine riesengroße Lüge.

Denn nach wie vor hatte ich es nicht über mich gebracht, Ailla zu sagen, wer ich wirklich war. Und mit jedem weiteren Tag, den ich es hinauszögerte, würde sich die Situation nicht verbessern. Ganz im Gegenteil.

Bevor ich aus dem Bett aufstand, warf ich einen Blick aus dem Fenster. Die Sonne schien bereits und ließ die

Wasseroberfläche des Meeres funkeln. Es versprach, ein guter Tag zu werden. Zumindest, was die Wetterprognose anbelangte.

Kermit hatte mal wieder recht behalten. Der Gute war eine regelrechte Institution, wie ich in der Zwischenzeit erfahren hatte. Und das nicht nur in Bezug auf das Wetter. Nein, Kermit wurde auch befragt, wenn es darum ging, die Ergebnisse des heimischen Fußballclubs St. Ives Town zu ermitteln. Im Vorhinein, verstand sich.

Das hätte ich damals, als ich Kermit für Ailla gefangen hatte, nie erwartet. Im Grunde war ich nicht mal davon ausgegangen, dass sie ihn behalten würde. Es stand ihr nämlich deutlich ins Gesicht geschrieben, dass sie den grünen Frosch ziemlich eklig fand. Ob sie ihn wohl mir zuliebe behalten hatte?

Nun, das waren Fragen, auf die ich so schnell keine Antwort erhalten würde. Schließlich wusste Ailla nicht, dass ich derjenige war, der ihr Kermit vor so vielen Jahren geschenkt hatte. Und so sollte es besser noch ein Weilchen bleiben. Im Moment war nicht der beste Zeitpunkt, um sich ihr zu offenbaren. Sie hatte gerade erst Vertrauen zu mir gefasst. Das wollte ich nicht aufs Spiel setzen.

In Grannys Küche kochte ich mir einen Kaffee und briet mir ein paar Eier mit Speck in der Pfanne an. Die Morgenzeitung lag vor der Tür. Ich warf einen flüchtigen Blick hinein und legte sie schließlich auf den Stapel der übrigen Zeitungen, die sich seit meiner Ankunft hier angesammelt hatten. Keine Ahnung, was mit den Zeitungen passiert war, die zuvor auf der Türschwelle abgelegt worden waren. Vielleicht hatte sich eine Nachbarin darum gekümmert. So oder so musste ich dringend dafür sorgen, dass die Zeitung abbestellt wurde.

Mein Aufenthalt war nicht mehr von langer Dauer. Das war eine Tatsache, so ungern ich es Richard gegenüber auch eingestehen wollte, dass ich nach London zurückmusste. Aber er hatte recht. Leider. Ich konnte nicht einfach längerfristig nach Cornwall abhauen und die Kollegen in unserer Agentur ihrem Schicksal überlassen. Das war nicht ich. Auch wenn mir der Abstand gerade sehr guttat.

Was vermutlich an deiner alten Freundin Ailla liegt, mutmaßte meine innere Stimme.

Diesbezüglich musste ich ihr recht geben.

Ailla war immer gut gelaunt, wusste, was sie wollte, und noch viel wichtiger: Sie wusste, was sie nicht wollte. Den meisten Menschen fiel es nicht schwer zu sagen, wonach sie sich sehnten, aber nur die wenigsten waren in der Lage dazu, alte Muster aufzugeben und neue Wege zu gehen. Ich war das lebendige Beispiel dafür.

Nachdem ich gegessen hatte, machte ich den Abwasch. Denn eine Spülmaschine suchte man in Grannys Küche vergebens. Sie hatte sich nie besonders für die modernen Errungenschaften unserer Zeit erwärmen können. Warum anders und neu, wenn es bislang doch auch super funktioniert hatte? Das war ihre Einstellung gewesen. Und davon war sie nicht abzubekommen. Da hatte ich ihr in der Vergangenheit noch so sehr die Vorzüge aufzählen und ihr anbieten können, ihr eine Geschirrspülmaschine zu besorgen. Sie war eisern geblieben und hatte zu ihrer Meinung gestanden, während die Mehrzahl meiner Kunden sicher eingeknickt wäre.

Manchmal beneidete ich Granny um ihren starken Willen.

Mein Blick fiel auf ein Bild, das an ihrem achtzigsten Geburtstag aufgenommen worden war. Ich war nur für eine Nacht hierhergekommen, weil es in London so viel zu erledigen gab. Granny hatte mir zu erklären versucht, dass Arbeit nicht alles im Leben war. Doch damals war ich für solche Ratschläge noch nicht empfänglich gewesen. Anstatt ihr zuzuhören, war ich gedanklich schon wieder in London bei meinem Kunden gewesen.

Früher oder später hatte das Damoklesschwert Burnout über mir schweben müssen. Darüber war ich mir nun hinreichend im Klaren. Wenn ich ein wenig früher innegehalten hätte und einen Schritt zurückgegangen wäre, dann hätte es nie so weit kommen müssen. Doch meine Einsicht kam eine ganze Weile zu spät. Granny war tot. Mit ihr würde ich mein Leben nicht mehr genießen können.

Und mit Ailla?

Nun, dafür musste sie erst mal wissen, wer ich wirklich war.

Seufzend schlüpfte ich in meine Schuhe und verließ das Haus in Richtung Altstadt.

Grannys englischer Garten war voller Magie und erstrahlte in den buntesten Farben. Neben Mohn, Hortensien, Jasmin, Bartnelken, Dahlien, Begonien, Petunien und Pfingstrosen und Fresien waren sogar zwei Palmen hier zu finden. Es war unglaublich, wie mediterran das Klima in Cornwall war. Bei nur rund sechzehn Grad lag die gefühlte Temperatur bei entsprechender Windstille weit höher.

Als kleines Kind hatte ich bei diesen und ganz ähnlichen Wetterlagen stundenlang am Strand und im Wasser gespielt. Cornwall war ein wahres Idyll. Wer seine Zeit hier verbringen durfte, machte definitiv nichts falsch.

»Mr Penrose? Entschuldigen Sie bitte. Kann ich Sie kurz stören?«

Wie vom Donner gerührt, blickte ich hinüber zum Gatter, an dem eine Frau im Alter meiner Granny stand und mir zuwinkte.

Wenn mich nicht alles täuschte, handelte es sich bei ihr um Liz. Sie war eine gute Freundin von Granny gewesen. In den letzten Jahren war sie dazu übergegangen, in St. Ives nach dem Rechten zu sehen, wie sie es genannt hatte. Dabei legte sie sich auf die Lauer nach Verbrechern. Granny hatte ihr davon abgeraten, da es in ihren Augen für Frauen ihres Alters zu gefährlich war. Doch Liz hatte sich davon nicht abbringen lassen. Zumindest hatte mir Granny davon erzählt. Ob sie wohl auch heute noch auf Gangsterjagd war?

»Liz? Aber sicher doch. Was kann ich für dich tun?«

Als ich mich ihr bis auf wenige Meter genähert hatte, bemerkte ich den unsicheren Ausdruck in ihrem Gesicht. So wagte sie es kaum, mir direkt in die Augen zu sehen. Außerdem machte sie den Eindruck, als wäre ihr das, was nun kommen würde, unangenehm.

»Deine Granny und ich, nun ... wir haben uns die *St. Ives – Times and Echo* geteilt«, erklärte sie mir.

Dahin war die Tageszeitung also in der Vergangenheit verschwunden.

»Ich verstehe. Möchtest du dir den Stapel der vergangenen Tage mitnehmen?«, bot ich ihr freimütig an, da ich ohnehin kein großer Zeitungsleser war.

Was ich an Informationen benötigte, suchte ich mir im Internet heraus.

»Also wenn das ginge, wäre das wirklich ... wunderbar. Es tut mir leid, dass ich dich damit behelligen muss. Allerdings ist meine Rente knapp und das Abonnement lief über deine Großmutter ...«

Daher wehte der Wind. Nun verstand ich auch, was ihr so unangenehm an der Sache war.

»Mach dir keine Sorgen, Liz. Die Zeitung wird auch nach wie vor jeden Morgen auf der Matte liegen. Du kannst sie dir gerne holen. Ich lese sie ohnehin nicht.

Und in ein paar Tagen muss ich schon wieder zurück nach London.«

»Das ist wirklich sehr anständig von dir, Jory. Ich weiß gar nicht, was ich dazu sagen soll. Die Zeitung kannst du einfach später rauslegen. Die Haustür ist ja überdacht. Es kann also auch bei plötzlich einsetzendem Regen nichts passieren. Jetzt muss ich erst mal zu Ailla in den Tea Room und ihr offenbaren, was ich in der vergangenen Nacht für eine Entdeckung gemacht habe. Sie wird Augen machen, sag ich dir. So, ich bin dann mal weg. Bis bald.« Und noch ehe ich etwas erwidern oder nachfragen konnte, worum es sich bei dieser Entdeckung denn handeln mochte, war sie auch schon wieder verschwunden. Dafür, dass Liz in einem ähnlichen Alter wie Granny war, war sie ziemlich fix unterwegs.

Noch während ich ihr nachsah, wurde ich mir des Problems bewusst, das sich mir nun stellte. Denn wenn ich mich ebenfalls auf den Weg zu Ailla machte, stand zu befürchten, dass Liz meinen Bluff auffliegen ließ. Was sollte ich jetzt nur tun?

Kapitel 9

Ailla

Beunruhigt sah ich auf die Uhr. Dann auf mein Handy. Keine Nachricht. Kein Anruf. Nichts. Ob George wohl verschlafen hatte? Er war doch sonst immer der Erste hier im *Heavensplace*. Was war nur vorgefallen? Würde er überhaupt noch mal kommen?

»Du hörst mir ja gar nicht zu«, schimpfte Liz und sah dabei bedröppelt drein.

Es brach mir fast das Herz, wie unglücklich sie wirkte. Dabei freute ich mich doch, dass sie mich heute Morgen besuchen gekommen war. Nur die Sache mit George ließ mir eben keine Ruhe. Irgendwas musste vorgefallen sein.

Abermals blickte ich aufs Handy. Ob ich ihn wohl anrufen sollte? Schließlich hatte seine Schicht bereits begonnen. Ich war seine Chefin und hatte damit ein Recht darauf, zu erfahren, wo er sich aufhielt.

»Entschuldige, Liz, ich bin heute mit den Gedanken ganz woanders.«

Suchend blickte ich mich draußen um. Doch von George war weit und breit nichts zu sehen. Ob Pete ihm wohl aufgelauert und ihm eine dafür verpasst hatte, weil er ihm die Tour vermasselt hatte? Oder hatte der sich in der Zwischenzeit mit Amanda getröstet und mich schon wieder ganz vergessen?

»Hey, Ailla! Hast du mal einen guten schwarzen Tee für mich? Heute Nachmittag kommt mein Damenkränzchen zum Buchclub. Ich komme vorher nicht mehr dazu, einkaufen zu gehen.«

Emma tauchte wie aus dem Nichts neben Liz auf.

»Wundere dich nicht. Mit mir spricht sie auch nicht«, erwiderte Liz an meiner statt.

»Tee? Klar. Ich habe lose Blätter oder Tee in kleinen Säckchen. Wie ist er dir lieber?«

Ich war nicht recht bei der Sache. Fieberhaft durchsuchten meine Augen den Raum. Und das, obwohl ich mir der Tatsache bewusst war, dass George nicht hier war. Dennoch ging ich Tisch für Tisch durch. Auch draußen im Garten hatte sich nichts verändert. Nur die Wolken hatten sich zwischenzeitlich ein wenig vor die Sonne geschoben und trübten das Bild. Ein Blick zu Kermit bestätigte mir jedoch, dass es sich bei dem aufkommenden schlechten Wetter nur um eine kleine Phase handeln konnte. Regen war jedenfalls nicht zu erwarten. Mein Wetterfrosch saß nach wie vor stoisch auf seiner Leiter und harrte der Dinge, die da kamen.

»Ailla? Ailla, hörst du mich?«

Wie aus weiter Ferne drang Emmas Stimme an mein Ohr.

»Ja? Oh, ja. Der Tee. Ich weiß.«

Erst jetzt fiel mir auf, dass der Platz neben ihr leer war.

»Ist Liz etwa schon gegangen?«

Emma machte große Augen.

»Was ist denn heute nur los mit dir? Hat es was mit diesem Pete zu tun? Ist er noch mal hier aufgekreuzt? Du kannst dir gar nicht vorstellen, was Sarah und ich uns wegen ihm für Vorwürfe machen. Wenn George nicht gewesen wäre, dann …«

»George ist heute nicht zur Arbeit erschienen. Und er hat mir auch keine Nachricht zukommen lassen, dass er später kommt. Ich mache mir Sorgen um ihn. Das ist alles.«

Seit ich Emma und Sarah von dem schrecklichen Abend mit Pete erzählt hatte, waren die beiden untröstlich darüber, was sie mir da eingebrockt hatten. Felsenfest waren sie davon ausgegangen, dass die vermeintlichen Psychologen auf dieser Website wüssten, was sie taten.

Ich hatte den beiden vergewissert, dass ich ihnen keinen Vorwurf machte und wusste, dass sie es nur gut gemeint hatten. Dennoch hatten sie mein Profil auf besagter Seite umgehend gelöscht. Ebenso die weiteren Anfragen, die in der Zwischenzeit eingegangen waren. Noch ein Experiment der besonderen Art konnte ich auf gar keinen Fall gebrauchen.

»Ailla, wo ist denn unser Sportsmann? Hat er schon etwas darüber verlautbaren lassen, wie das Spiel am Sonntag laufen wird?«

Phil Richmond. Der hatte mir gerade noch gefehlt.

Im Trainingsanzug und mit Schweißband an der Stirn stand der Trainer der St.-Ives-Town-Mannschaft neben Emma, die sich zu einem Lächeln durchrang, während ich einfach nicht darüber hinwegsehen konnte, was gleich folgen würde.

»Ich habe ihm den Ball noch nicht gezeigt«, gestand ich ihm ein.

Phils Augen wurden groß.

»Wie konntest du nur? Es ist unerlässlich, dass man ihm den kleinen Fußball mindestens drei Tage vor dem nächsten Spiel zeigt. Sonst ist sein Verhalten nicht aussagekräftig. Das weißt du doch, Ailla. Und nun? Was sollen wir jetzt machen?«

Ich hätte ihm ja vorgeschlagen, stattdessen mit seiner Mannschaft zu trainieren, wollte allerdings keinen Streit vom Zaun brechen.

»Sorry, in den letzten Tagen war einfach so viel los. Und meine Aushilfe lässt mich schon wieder im Stich.«

Langsam, aber sicher musste ich die Dinge beim Namen nennen. Auch wenn ich es von George nicht erwartet hätte, musste ich doch befürchten, dass er es sich anders überlegt hatte und mich meinem Schicksal überlassen würde.

»Das ist natürlich eine äußerst missliche Lage«, lenkte Phil ein, nicht ohne dabei die Hände in die Hüften zu stemmen und die Stirn in Falten zu legen.

Plötzlich begann er seinen Körper nach vorn und nach hinten zu wippen. Das sah irgendwie ulkig aus. Auch erwartete ich insgeheim, dass er jeden Moment aus dem Gleichgewicht kam.

»Ich möchte nur ungern stören, aber der Tee …«, rief Emma sich mir wieder in Erinnerung.

Ich reichte ihr eine Packung losen Earl Grey und eine Kräutermischung in kleinen Säckchen. Damit sollte sie problemlos über die Runden kommen. Ihre Antwort hatte ich vorhin gar nicht mitbekommen. Dafür war ich viel zu sehr in Gedanken gewesen.

»Danke dir. Wir hören uns später«, sagte sie und war im nächsten Augenblick wieder verschwunden.

»Ich möchte gerne zahlen.«

»Und ich warte schon viel zu lange auf meinen Kaffee. Wird das heute noch was oder soll ich mir ein anderes Café suchen?«

Ich verkniff mir die Richtigstellung, dass es sich beim *Heavensplace* um einen Tea Room handelte, und beschwichtigte die Gemüter, indem ich abkassierte und den Kaffeevollautomaten aus seinem Dämmerschlaf weckte.

»Es hilft nichts. Ich muss mich augenblicklich um Kermit kümmern. Vielleicht haben wir so noch eine Chance zu erfahren, wie das Spiel am Sonntag laufen wird.«

Für gewöhnlich bereiteten sich Sportler auf ein Event vor, indem sie trainierten. Ein Spiel gewann man nicht, nur weil ein Frosch eine Leiter nach oben kletterte oder nicht. Außerdem hatte Kermit eine Trefferquote von lediglich rund siebzig Prozent.

Aber all diese Gedanken machte ich lediglich mit mir aus. Phil war ohnehin resistent, was seine Meinung anbelangte. Als ehemaliger Polizeichef von St. Ives war er verdammt eigenwillig.

»Hey, Ailla. Sorry, dass ich zu spät bin. Es ist ... mir etwas dazwischengekommen. Wird nicht wieder vorkommen. Entschuldige bitte.«

George stand unerwartet vor mir. Kein Haar war ihm gekrümmt worden. Er war also nicht in einen Hinterhalt geraten oder einem Autounfall zum Opfer gefallen. Nein, er war hier. Live und in Farbe.

Bildete ich es mir nur ein oder blickte er sich gehetzt zu allen Seiten hin um? Gut möglich, dass er sich ein Bild der Lage verschaffen wollte, um einschätzen zu können, was für ein Chaos sein Zuspätkommen angerichtet hatte. Aber dennoch hatte ich das Gefühl, dass ihn etwas beschäftigte. Suchte er jemanden?

Phil hatte derweil Kermits Terrarium geöffnet und legte den Ball nun unmittelbar neben dem Tier auf den Boden. Ob ich das schon als Tierquälerei werten sollte, war fraglich. Dennoch tat mir mein kleiner grüner Freund leid. Was, wenn er am Ende gar kein Fußballfreund war und viel lieber das Rugby-Team unterstützt hätte?

»Was macht der Typ denn dahinten bei deinem Wetterfrosch?«, fragte George, während er sich die Serviceschürze umband und diese mit der großen schwarzen Geldbörse, einem Block und einem Stift bestückte.

»Das ist Phil. Er ist der Trainer unseres Fußballteams.«

»Das erklärt den Ball, aber nicht den Rest«, erwiderte George und blickte nach wie vor leicht angespannt in Phils Richtung.

»Im Grunde ist er harmlos. Nur abergläubisch. Vor allem abergläubisch. Er ist der festen Überzeugung, Kermit könnte voraussagen, ob sein Team ein Spiel gewinnt oder verliert.«

George machte große Augen.

»Und das anhand welchen Merkmals?«

»Die Leiter.«

Georges Lippen bildeten ein wissendes O.

»Deshalb der Ball?«

»Deshalb der Ball«, bestätigte ich ihm.

»Es gibt schon kuriose Menschen.«

George kratzte sich lächelnd am Hinterkopf, während er nach wie vor zu Kermit und Phil hinüberblickte.

Er wirkte ein wenig verschlafen auf mich. Vielleicht war das ja der Grund für sein Zuspätkommen. Auch wenn ich das nicht so recht glauben wollte. Irgendwas war da faul. Ich wusste nur noch nicht was.

Kapitel 10

Jory

Es dauerte fast den ganzen restlichen Vormittag, bis ich mich einigermaßen gefasst hatte. Um ein Haar wäre ich aufgeflogen. Nicht auszudenken, was passiert wäre, wenn Liz mich vor Ailla mit meinem richtigen Namen angesprochen hätte.

»Ich hätte gerne die Karte«, bat mich eine junge Frau.

Ich erwiderte ihr Lächeln, da es irgendwie zum Job gehörte, und reichte ihr die Karte.

Schon im nächsten Augenblick hatte ich das Gefühl, von jemandem beobachtet zu werden. Unsicher drehte ich mich um. Womöglich wartete ein weiterer Gast darauf, von mir bedient zu werden.

Doch zu meiner Verwunderung blickte ich in Aillas prüfendes Gesicht. Ihre Arme hatte sie demonstrativ vor der Brust verschränkt, während sie mich mit leicht zur Seite geneigtem Kopf ansah.

Man musste kein Hellseher sein, um zu verstehen, dass sie mir meine kleine Notlüge nicht ganz abgekauft hatte. Oder aber sie wollte sich ein Bild davon machen, wie ich mich hier draußen so machte, und dann entscheiden, ob sie mich als Servicekraft behalten oder doch besser entlassen sollte.

Als Arbeitgeber und Besitzer einer PR-Agentur wusste ich nur zu gut, wie wichtig es war, gutes und vor allem zuverlässiges Personal zu haben. Damit stand und fiel ein Unternehmen.

Im denkbar ungünstigsten Fall klingelte nun auch noch mein Handy.

Richard.

Mit einem wenig herzlichen »Ich kann gerade nicht sprechen« nahm ich das Gespräch an und beendete es gleich wieder.

Richard rief mich postwendend wieder an, jedoch hatte ich in der Zwischenzeit den Klingelton leise gestellt. Das hätte ich schon beim Betreten des Tea Rooms tun sollen. Ein dummer Fehler meinerseits.

»Wer war denn das?«, hörte ich Ailla in meinem Rücken fragen.

Erschrocken zuckte ich beim Klang ihrer Stimme zusammen. Mir war gar nicht aufgefallen, dass sie sich mir genähert hatte.

»Das war nur … Ach, nichts weiter. Ich habe mein Handy ausgestellt. Es tut mir leid.«

Mit leicht zusammengekniffenen Augen sah sie mich an.

»Gibt es irgendwas, was du mir sagen möchtest?«

Mit verschränkten Armen stand sie vor mir. Ihre Stirn legte sich beunruhigt in Falten, während sie ihren Blick nicht von mir abwandte.

»Nein, nein. Es ist alles bestens. Wirklich.«

»Du würdest es mir doch sagen, wenn Pete dir aufgelauert hätte.«

»Pete?«

Für den Hauch eines Augenblicks wusste ich nicht, wen Ailla meinte. Erst dann fiel mir der Typ ein, mit dem sie vor einigen Tagen dieses recht unrühmliche Date hatte.

»Nein, das hat er nicht. Ich bezweifle auch, dass er überhaupt weiß, wo ich wohne.«

Ailla nickte und schien dabei zu überlegen.

»Gut möglich. Ja. Schließlich weiß ich selbst nicht mal, wo du wohnst. In deinem Personalbogen hast du das Feld freigelassen.«

Ich wusste, dass mir dieser Punkt irgendwann noch mal das Genick brechen würde. Nun hieß es, wohlüberlegt zu handeln und bloß keinen Fehler zu machen.

»Ich wohne in einer Wohnung, die ich über Airbnb angemietet habe. Da ich allerdings nicht wusste, ob ich da längerfristig bleiben kann, habe ich lieber keine Angabe in dem Bogen gemacht«, log ich.

»Und?«, hakte Ailla skeptisch nach, was mich zusehends immer mehr beunruhigte.

»Wie bitte?«

»Kannst du denn bleiben?«

Ich nickte.

Ailla seufzte erleichtert auf.

»Ich hatte schon das Gefühl, du könntest es dir anders überlegt haben und deinen Sommer doch lieber am Strand liegend verbringen wollen. Verständlich wäre es. Schließlich ist das da vor unserer Tür einer der schönsten Strände Englands. Nicht nur einheimische Touristen belagern uns die Sommermonate über, sondern auch Reisende aus aller Welt. Man sollte hier nicht arbeiten müssen, hat mein Dad früher immer gesagt. Heute verbringt er seine Tage am liebsten in dem Garten hinter seinem Cottage. Der Strand ist ihm zu überfüllt.«

Ailla musste lachen. Eine gewisse Erleichterung machte sich in mir breit. Offenbar war sie mir nicht auf die Schliche gekommen. Meine Ausrede klang in ihren

Ohren also plausibel. Wenigstens etwas. Denn als ich das Vibrieren in meiner Hosentasche bemerkte, konnte ich mir sicher sein, dass heute noch weitere Probleme auf mich warten würden.

Richard würde sich nicht ewig hinhalten lassen. Und so gerne ich auch länger bei Ailla geblieben wäre, war ich mir doch meiner Verantwortung den Mitarbeitern meiner Agentur gegenüber bewusst.

»Ich muss mit dir reden«, kam es mir spontan über die Lippen.

Sicher war es besser, Ailla frühzeitig darauf vorzubereiten, dass ich sie früher oder später verlassen musste. Eher früher als später. Auch wenn mir das nicht sonderlich recht war. Am liebsten hätte ich ihr den kompletten Sommer über unter die Arme gegriffen.

Ein schlechtes Gewissen befiel mich angesichts der Tatsache, dass ich ihr nach wie vor keinen reinen Wein über mich und meine Person eingeschenkt hatte. Anstatt ihr die perfekte Aushilfsservicekraft vorzugaukeln, sollte ich ihr besser nahelegen, sich baldmöglichst um Ersatz für mich zu kümmern.

Wenn ich allerdings nicht in die Rolle geschlüpft wäre, stünde Ailla womöglich noch immer allein hinterm

Tresen. Das milderte mein schlechtes Gewissen ein wenig ab. Zumindest zeitweise.

»Wie wäre es heute Abend mit einem kleinen Abendessen bei mir zu Hause?«, fragte Ailla und überrumpelte mich mit diesem Vorschlag völlig.

»Ein Abendessen?«, wiederholte ich.

Sie nickte.

»Du hast deine Probezeit mit Bravour gemeistert. Das sollten wir feiern. Und da können wir dann auch ganz in Ruhe reden.«

Wie auf ein unsichtbares Kommando hin meldete sich die junge Frau, der ich soeben die Karte gereicht hatte:

»Ich würde gerne bestellen.«

»Ich komme sofort«, versicherte ich ihr.

»Probezeit?«, hakte ich schließlich nach.

Ailla grinste.

»Ich unterziehe all meine Angestellten einer Probezeit. Und du hast sie bestanden. Das ist das Einzige, was zählt. Also um zwanzig Uhr bei mir? Schaffst du das?«

Aillas Lippen umspielte ein angedeutetes Lächeln.

Sie meinte es ernst.

»Okay. Zwanzig Uhr bei dir. Ich werde da sein.«

Ein ungutes Gefühl mischte sich in meine Zusage. Ob das wohl gut gehen würde?

Kapitel 11

Ailla

»Du hast George also zu dir zum Abendessen eingeladen. Wie kommt's?«

Sarah war so ziemlich die neugierigste Freundin, die ich hatte. Aber sie war auch eine meiner besten. Also sah ich über diesen Aspekt geflissentlich hinweg. Ferner wäre ich in einem ähnlich gearteten, nur umgekehrten Fall auch mehr als interessiert daran, zu erfahren, was los war.

»Er ist jetzt schon über eine Woche bei mir. Es ist einige Zeit her, dass ein Angestellter so lange geblieben ist. Du kennst die Situation in der Gastronomie ja hinreichend. Die brauche ich dir nicht ausführlich zu schildern. Also dachte ich mir, ich lade ihn ein, bekoche ihn und halte ihn so bei Laune. Alles Taktik, wenn du so willst.«

Dass mich der heutige Flirtversuch einer jungen Frau, den sie gegenüber George gestartet hatte, ebenfalls dazu bewogen hatte, ihn einzuladen, verschwieg ich meiner Freundin gegenüber. Schließlich war da nichts, außer diesem Gefühl ... und den Augen. Nach wie vor konnte ich mich in ihnen verlieren. Diese Augen!

»Alles nur Kalkül also?«, hakte Sarah nach, die mir, dem süffisanten Unterton in ihrer Stimme nach, kein Wort glaubte.

»Gutes Personal ist schwer zu finden«, erwiderte ich selbstbewusst, während ich einen Blick in den Spiegel im Flur warf.

In knapp einer halben Stunde würde George hier sein. Wenn ihm nicht wieder etwas dazwischengekommen war. Noch immer wusste ich nicht so recht, was ich von der frühmorgendlichen Aktion halten sollte. Auch diesen Punkt hatte ich mir noch mal auf die Agenda gesetzt. Ich hasste es, wenn ich spürte, dass etwas nicht stimmte, und einfach nicht dahinterkam, was es war.

Aber meine Lammkeule war vorzüglich und butterweich. Am Ende des Abends würde es George in meinen Händen nicht anders ergehen. Da war ich mir ganz sicher.

»Ich bin dennoch höchst gespannt darauf, was du nach diesem Abend zu berichten hast. Ach, und tue nichts, was ich nicht auch tun würde. Hörst du?«

Lächelnd schüttelte ich den Kopf und sah mir dabei mein Spiegelbild an.

Mein rotes langes Haar war an der Luft getrocknet. Es wirkte auf natürliche Weise leicht wellig und gefiel mir damit recht gut. Auch das Make-up, das ich aufgetragen hatte, ließ mich frisch und rosig aussehen. Behutsam drehte ich den Kopf nach rechts und links, um das Ergebnis einer letzten ausführlichen Untersuchung zu unterziehen.

Derweil schmorte das Lamm im Backofen. Eine Erinnerung durchzuckte mich, die ich liebend gerne verdrängt hätte. Hatte Pete nicht geäußert, dass er Lamm nicht leiden mochte? Was er wohl gerade machte? Ob er die arme Amanda davon überzeugen konnte, sich mit ihm zu treffen?

Kopfschüttelnd stand ich vor dem Spiegel. Auf der Kommode davor hatte ich nach meinem Gespräch mit Sarah das Telefon gelegt.

Als es abermals zu vibrieren begann, schmunzelte ich, da ich glaubte, es wäre Emma, die in der Zwischenzeit von Sarah über den heutigen Abend informiert worden war und sich selbst ein Bild der Lage machen wollte.

Doch wider Erwarten war es Phil, der mich anrief.

»Hey, Phil! Was kann ich für dich tun?«

»Ailla? Gut, dass du rangehst. Kermit ist nur bis zur Hälfte der Leiter hochgeklettert, und ich weiß beileibe nicht, wie ich ihn von dort aus weiter nach oben beordern soll. Hattest du das schon mal?«

Es dauerte einen Moment, bis ich eins und eins zusammenzählte.

»Sag mal, Phil, bist du etwa noch immer im *Heavensplace*?«

Mit vor Schock geweitetem Blick sah mich mein Spiegelbild an.

»Na ja, wenn du so fragst ... ja. Aber es ging nicht anders. Ich musste mich in deinem Tea Room einschließen lassen. Wie gesagt, er ist einfach auf einer der Sprossen der Leiter stehen geblieben und macht seither keinen Mucks mehr.«

»Vielleicht schläft er?«, wandte ich ein.

»Dafür schaut er mich aber viel zu herablassend aus seinen gelben Augen an. Ich sag dir, wenn ich nicht auf ihn angewiesen wäre, dann ...«

»Wehe, du krümmst meinem Wetterfrosch auch nur ein Haar«, drohte ich ihm.

»Das wird mir leichtfallen. Der Gute hat ja gar keine Haare.«

Ein schepperndes Geräusch ging durch die Leitung. Phil war nicht nur der ehemalige Polizeichef, sondern auch ein Kettenraucher par excellence. Wie er es ausgerechnet zum Fußballtrainer der St.-Ives-Town-Mannschaft geschafft hatte, war mir schleierhaft.

»Was machen wir nun?«, fragte er.

Besorgt blickte ich auf die Uhr.

George würde jede Minute hier auftauchen. Ich konnte also unmöglich noch mal zum *Heavensplace* zurück, um Phil aus seiner misslichen Lage zu befreien.

»Ich würde vorschlagen, du versuchst es mit Gesang.« Keine Ahnung, woher ich die Eingebung nahm. Schließlich hatte ich keinen blassen Schimmer davon, wie sich Phils Darbietungen auf Kermit auswirken könnten.

»Ich und singen? Das kannst du vergessen. Bei uns im Garten wenden sich sogar die Schnecken auf dem Salatblatt ab und kriechen davon, wenn sie mich singen hören. Das kann nicht gut sein. Und es kann ganz sicher nicht dazu führen, dass Kermit die Leiter hochklettert.«

Jetzt hieß es, Überzeugungsarbeit zu leisten.

»Dann spiel doch am besten Musik von deinem Handy ab. Wie wäre es mit Fußballmusik? Fangesänge bringen ihn bestimmt ganz wunderbar in Stimmung.«

Phil war für einen Moment verstummt. Offenbar schien er ernsthaft über meinen Ratschlag nachzudenken.

»Ja, das könnte funktionieren. Ich werde das gleich mal probieren. Danke dir, Ailla. Ach, und, Ailla?«

Ich wollte schon erleichtert aufatmen.

»Ja?«

»Könntest du mich hier später wieder rausholen? Margery hat mich schon mehrfach angerufen und wollte wissen, wo ich stecke. Bisher konnte ich sie noch in Schach halten. Ob mir das in den nächsten Stunden allerdings auch gelingen wird, bleibt fraglich. Du weißt doch, wie eifersüchtig sie ist.«

O ja. Darüber brauchten wir nicht zu debattieren. Ich kannte keine Frau, die so argwöhnisch jeden Schritt ihres Mannes überwachte wie Margery. Jeder Frau, die ihren Mann in seiner Uniform musterte, schickte sie wütende Blitze hinterher. Mum machte sich manchmal lustig darüber. Offenbar war sie schon immer so gewesen.

Die Vorstellung, ihren Mann an eine Jüngere zu verlieren, brachte sie fast um den Verstand. Und nun, da Phil nicht nach Hause kam, mochte ich mir nicht ausmalen, wie schief der Haussegen schon hing.

»Aber sicher doch. Kümmere du dich erst mal um Kermit. Am besten spielst du ihm deine Lieblingsfußballlieder vor. Und nicht zu nah hinhalten. Er hat ein sehr empfindliches Gehör. Wir wollen doch nicht, dass er am Ende wieder von seiner Leiter herunterklettert. Oder?«

»Auf gar keinen Fall.« Phil klang besorgt.

Fast tat es mir schon wieder leid, ihn dermaßen auf den Holzweg zu schicken. Aber er hätte sich auch nicht in meinem Laden einschließen lassen sollen. Und wofür das alles? Für ein beklopptes Fußballspiel! Kein Wunder, dass es wegen dieses Sportes immer wieder zu Auseinandersetzungen kam. Vermutlich waren da mehr Wetterfrösche im Einsatz, als man vermutete.

Es klingelte.

»Entschuldige, Phil! Ich kann nicht länger sprechen. Viel Glück!«

Und noch bevor er etwas erwidern konnte, hatte ich das Gespräch bereits beendet.

Dann atmete ich noch einmal ganz tief durch, ehe ich schließlich die Tür öffnete.

»Hey, George«, begrüßte ich ihn und bemühte mich, ganz cool zu bleiben, während mir beinahe die Kinnlade herunterfiel.

Der Mann sah atemberaubend aus. Heute waren es nicht nur die kleinen goldenen Sprenkel in seinen Augen, die mir besonders auffielen. Nein, er hatte sich ein schickes Hemd übergezogen, trug eine gut sitzende Jeans, und er hatte einen Duft aufgelegt, der mich schon jetzt ganz wuschig machte. Dabei hatte ich die Tür gerade erst geöffnet.

»Komm doch rein!«, bot ich ihm schließlich an, nachdem ich mir der Tatsache bewusst wurde, wie unhöflich ich mich verhielt.

Phils Anruf hatte mich wahrlich ganz aus der Fassung gebracht.

»Eine kleine Aufmerksamkeit.«

»Für mich?«

George reichte mir einen Blumenstrauß, der in den buntesten Farben erstrahlte. Pfingstrosen, Hyazinthen und Lilien erkannte ich auf Anhieb.

»Ich hoffe, er gefällt dir. Es ist einige Zeit her, dass ich einer Frau einen Blumenstrauß mitgebracht habe. Ich befürchte, ich bin da etwas aus der Übung.«

Verlegen fuhr George sich bei diesen Worten durchs Haar. Stellte sich nur die Frage, ob er schon länger keine Frau mehr gedatet hatte oder den Frauen, mit denen er zusammen war, keine Blumen mitgebracht hatte. Aber das würde sich heute sicher nicht mehr klären, befürchtete ich.

»Er ist wunderschön. Ich bringe ihn gleich in eine Vase und stelle ihn uns auf den Esstisch«, räumte ich seine Zweifel aus.

Dann zog George sich die Schuhe aus.

»Du kannst deine Schuhe gerne anlassen.«

Es war ihm anzusehen, dass er trotz meiner Ermutigung unsicher war. Letztlich entschied er sich jedoch dafür, mir Folge zu leisten. Besser so.

»Was riecht denn hier so herrlich?«

Ich nahm gerade eine Vase aus dem weißen Küchenbüfett, um sie mit Wasser zu befüllen.

»Ich habe Lammkeulen im Ofen geschmort. Dazu gibt es Speck-Bohnen und Kartoffelgratin.«

George blickte wie gebannt hinüber zum Ofen. Den Tisch hatte ich bereits gedeckt. Das Fleisch müsste auch in ein paar Minuten so weit sein. Das Timing war also nahezu perfekt. Zumindest, wenn man davon absah, dass Phil im *Heavensplace* darauf wartete, dass ich ihn aus seiner misslichen Lage befreite. Aber auch der würde noch etwas schmoren müssen. Der Abend gehörte George und mir. Irgendwie. Auch wenn ich gar nicht so genau wusste, was ich mit ihm anfangen wollte.

Denn im Grunde war es so, dass ich von Männern bis auf Weiteres genug hatte. Pete war da nur die Spitze des Eisbergs gewesen, wenn man so wollte. Vielleicht sollte es einfach nicht sein. Das mit mir und den Männern.

In Georges Nähe verspürte ich allerdings dieses merkwürdige Gefühl der Verbundenheit. Er brauchte mich nur mit seinen warmherzigen braunen Augen anzusehen, und ich schmolz dahin.

Was war nur los mit mir? Sonst war ich doch nicht so. Sarah und Emma hatten sich in der Vergangenheit schon das ein oder andere Mal darüber lustig gemacht, dass ich gar nicht diesen einen Schauspieler hatte, bei dem ich schwach werden würde, oder früher auch nicht als Groupie auf Boybands abgefahren war.

In dieser Hinsicht war ich womöglich ein wenig … langweilig. Aber ich konnte einfach nicht aus meiner Haut. Ich himmelte keine Schauspieler oder Superstars an. Nur George. Ein wenig. Und das behielt ich besser für mich.

»Allein beim Gedanken an das Essen läuft mir schon das Wasser im Mund zusammen.«

George war anzusehen, wie sehr ihn die Tatsache beeindruckte, dass ich für ihn kochte.

Das gefiel mir. Es gefiel mir sogar sehr.

»Könntest du den Wein für uns öffnen? Es ist ein Châteauneuf-du-Pape Cuvée Anonyme.«

Das klang so, als hätte ich Ahnung von Wein. Dabei war ich bei Jacques vorbeigegangen, der eine kleine Vinothek an der Promenade hatte. Dort verkaufte er nicht nur ausgezeichneten Wein, sondern veranstaltete auch Weinproben, die stets ausgebucht waren. Er verstand sein Geschäft. Und ich wusste nun ein wenig mehr über Wein.

George entkorkte die Flasche und roch dann am Korken. Das sah irgendwie professioneller aus, als ich mich in dieser Angelegenheit fühlte.

»Ich habe mal in einem Film gesehen, dass das ein Kenner gemacht hat«, erklärte mir George augenzwinkernd.

Das warme Gefühl, das augenblicklich meinen ganzen Körper flutete, war mit Worten kaum zu beschreiben. Es war eine Mischung aus dem ersten Sonnentag nach langem Regen und dem ersten Eis der Saison unten bei Salvatore.

»Dann würde ich vorschlagen, du Kenner schenkst uns mal ein Gläschen ein. Das Essen ist gleich fertig, und ich würde gerne mit dir anstoßen. Auf die gute Zusammenarbeit«, ergänzte ich schließlich noch, weil George seine Augen leicht zusammengekniffen und den Kopf etwas schiefgelegt hatte.

»Verstehe«, erwiderte er prompt und tat, wie ihm befohlen.

Als wir beide mit unseren Gläsern anstießen, ertönte dieses typisch klirrende Geräusch. George sah mir dabei so fest in die Augen, dass ich mir ganz sicher war, dass er auf den Grund meiner Seele blickte.

Vor lauter Aufregung leerte ich das ganze Glas in einem Zug.

»Hoppla. Da hatte wohl jemand Durst«, merkte George an.

»Ich muss nach dem Fleisch sehen«, erwiderte ich und zog mich damit aus der Affäre.

»Kann ich noch etwas vorbereiten oder dir irgendwie behilflich sein?«

Wenn ich George in meinem Rücken so reden hörte, musste ich fast lachen, wenn ich im Vergleich dazu an das letzte missglückte Date mit Pete dachte. Dieser hatte sich mir nicht ein einziges Mal so hilfsbereit gezeigt. Aber vielleicht lag es auch nur daran, dass George seinen Job nicht verlieren wollte.

»Könntest du mir mal das Tuch da drüben reichen?«

Als George tat, wie ihm geheißen, berührten sich bei der Übergabe unsere Hände. Ein regelrechter Stromstoß durchfuhr meine Fingerspitzen. Nur Sekunden danach hatte ich das Gefühl, meine Haut würde unnatürlich kribbeln.

Weder George noch ich ließen das Tuch los. Unsere Blicke blieben fest ineinander verhakt wie Fische in einem Netz.

»Wir sollten jetzt besser essen«, hörte ich mich nach einer Weile sagen.

George schüttelte leicht den Kopf, als erwachte er aus einer Art Trance.

»Das sollten wir wohl besser.«

Bevor ich auch nur einen Bissen von meinem Teller gegessen hatte, musste schon das zweite Glas Wein herhalten. Und das, obwohl ich für gewöhnlich nicht viel trank. Ich vertrug den Alkohol nämlich nicht sonderlich. Besonders am Folgetag hatte ich meist mit solchen Kopfschmerzen zu kämpfen, dass ich mir jedes Mal, wenn ich einen über den Durst getrunken hatte, schwor, nie mehr etwas Alkoholisches zu trinken.

Aber besondere Umstände erforderten eben besondere Maßnahmen. Cheers!

»Das Essen ist ein Gedicht. Ich habe das letzte Mal bei meiner Granny so gut gegessen. Leider ist sie schon gestorben.«

George lächelte mich an.

»Hicks! Oh, entschuldige. Ist deine Granny auch aus der Region?«

George verschluckte sich auf meine Frage hin prompt am nächsten Bissen.

»Alles in Ordnung? Kann ich etwas für dich tun? Soll ich dir vielleicht auf den Rücken klopfen?«

Ohne seine Antwort abzuwarten, erhob ich mich von meinem Platz ihm gegenüber und klopfte beherzt zu. Dabei ging ich offenbar so entschlossen vor, dass

George ein wenig nach vorn kippte und dabei sein Glas unglücklich umstieß. Unglücklich in dem Sinne, dass ihm der Wein sturzbachartig auf den Schoß lief.

Ohne darüber nachzudenken, griff ich nach dem Tuch, das vor wenigen Minuten noch dazu geführt hatte, dass ich das zweite Weinglas mehr oder weniger in einem Zug geleert hatte. Schon im nächsten Augenblick tupfte ich ihm damit die Hose trocken. Zumindest bis zu dem Zeitpunkt, als ich mir bewusst wurde, in welcher Region ich mich da soeben zu schaffen gemacht hatte.

Hicks!

»Entschuldige bitte! Ich wollte dir nicht … Also es war nicht meine Absicht … Ich wollte nur …«

Mit jeder weiteren Silbe redete ich mich um Kopf und Kragen. Außerdem war es plötzlich furchtbar heiß. So heiß, dass ich am liebsten meine Bluse geöffnet und ausgezogen hätte. Doch das Stimmchen der Vernunft tief in mir drinnen war noch nicht betrunken genug. Leider.

»Alles in Ordnung. Ehrlich. Du brauchst dir wegen mir keine Gedanken zu machen. Wo finde ich denn das Badezimmer?«

Noch immer ganz neben der Spur, wies ich ihm den Weg.

Auf den Schreck hin trank ich gleich ein weiteres Glas. Aber was sollte ich auch tun? Das hier war mein erstes richtiges Date seit Monaten, wenn nicht sogar seit Jahren. George war mir wichtig. Auch wenn ich nicht sagen konnte, was das zwischen uns war. Dabei hoffte ich inständig, dass er auch nach dem Sommer hier sein würde. Bei mir.

»Hast du zufällig eine Männerhose da, die ich überziehen könnte?«

Georges Worte führten dazu, dass ich mich am Wein verschluckte.

Hustend stand ich da und überlegte fieberhaft, wie ich ihm aushelfen könnte.

»Warte! Ich komme gleich«, hörte ich mich schon im nächsten Moment trällern.

Was zum Henker war bloß los mit mir? Klang ich in Georges Ohren auch so aufdringlich oder lag das am Wein? Ach, im Grunde war doch alles bestens. Und plötzlich fühlte ich mich auch noch so leicht. Ich liebte das Gefühl von kribbelnden Zehen. In solchen Augenblicken ging ich sogar fest davon aus, als Prima Ballerina durchstarten zu können. Zumindest bis zum ersten Spagat.

»Das ist … eine Skihose«, merkte George ein wenig verunsichert an.

»Ansonsten könnte ich dir noch eine Schlafanzughose anbieten. Hauteng. Mit Eingriff.«

George nahm mir die Hose aus der Hand.

»Die ist perfekt. Vielleicht ein bisschen warm. Aber die Größe stimmt. Damit gebe ich mich zufrieden. Man kann schließlich nicht alles haben.«

»Meine Rede!«

Schon im nächsten Augenblick schwenkte ich das nächste Weinglas samt Inhalt und schenkte auch George erneut ein. Der Ärmste hatte den guten Tropfen ja fast komplett auf die Hose bekommen. Hoffentlich gingen die Flecken wieder raus. Wie war das noch gleich? Weißwein auf Rotwein oder doch umgekehrt? Oder beides totaler Blödsinn? Hicks!

Kapitel 12

Jory

Spätestens nach dem dritten Glas Wein war Ailla sternhagelvoll. Zu allem Überfluss rief nun auch noch Richard an. Den konnte ich gerade so gar nicht brauchen. Also drückte ich seinen Anruf weg. Eine Maßnahme, die ich in den vergangenen Tagen schon des Öfteren ergriffen hatte. Blieb abzuwarten, wann ihm der Kragen platzte und er mir eine bitterböse Nachricht schrieb. Lange konnte es nicht mehr dauern.

»Ailla?«

Als sie es sich auf dem Küchentisch bequem machte und ihr Kopf jeden Moment drohte, im Teller zu landen, verhalf ich ihr zurück in eine aufrechte Sitzposition. Nicht ohne augenblicklich einen Rüffel zu kassieren.

»George, lass mich schlafen. Ich bin so müde«, jammerte sie und drohte sogleich abermals nach vorn wegzukippen.

»Komm, Ailla! Ich leg dich in dein Bett. Dort ist es doch viel gemütlicher.«

Es war einen Versuch wert, es ihr schmackhaft zu machen, sich hinzulegen. Allerdings schien Ailla nicht überzeugt davon.

»Hier is es doch total gemütlich. Hicks!«, behauptete sie lallend.

Auch Richard ließ sich nicht abwimmeln. Er rief abermals an. Das alles setzte mir neben der viel zu warmen Skihose mächtig zu.

Als ich Richard erneut weggedrückt hatte, hievte ich Ailla auf die Füße, anstatt ein weiteres Mal mit ihr zu diskutieren. Das würde ohnehin zu nichts führen. In ihrem Zustand konnte sie nicht mehr klar denken.

»Warte! Ich hab noch was ganz Wichtiges vergessen«, sagte sie, kaum dass wir an der Treppe angelangt waren.

»Das erledigen wir gleich morgen, nachdem du ausgeschlafen hast«, schlug ich vor.

Doch Ailla war anderer Ansicht.

»Nein, wir müssen sofort ins *Heavensplace*.«

Plötzlich wirkte sie hellwach.

»Ist etwas passiert?«, fragte ich besorgt, auch wenn ich mir nicht so recht einen Reim auf ihre Worte machen konnte.

»Phil ist noch dort.«

»Phil? Der Typ mit dem Ball an Kermits Terrarium?«

Ailla nickte.

»Genau der. Er hat sich einschließen lassen, um meinen Wetterfrosch zu bezirzen, die Leiter weiter hinaufzukrabbeln. Seine Panik vor dem nächsten Spiel muss riesengroß sein.«

Ungläubig sah ich Ailla an. Konnte das denn wirklich wahr sein oder hatte sie sich das in ihrem Weindelirium nur eingebildet? Aber dafür waren die Angaben viel zu genau. Und dieser Phil hatte zudem den Eindruck auf mich gemacht, als wäre er den Weissagungen des Frosches nahezu hörig. Beinahe angefleht hatte er das Tier, endlich die Leiter hinaufzuklettern. Ob er wohl wusste, dass er ihn nicht verstehen konnte?

»Dann bringe ich dich hoch ins Bett und laufe zum Tea Room«, schlug ich vor.

Doch Ailla schüttelte den Kopf.

»Ich werde mitkommen. Die frische Meeresbrise wird mir guttun und den Kopf ordentlich durchpusten.«

Noch ehe ich wusste, wie mir geschah, hatte Ailla sich an der Garderobe einen dünnen Mantel geschnappt und war auch schon zur Tür hinaus.

»Warte!«, rief ich ihr noch hinterher, weil ich mit ihr kaum Schritt halten konnte.

Die Skihose war nicht nur unglaublich warm, sondern auch zu unbequem, um darin schnell zu laufen. Wie das Michelin-Männchen kam ich mir vor.

Ailla lief unbeirrt weiter. Sie stolperte vor ihrem Cottage mehrere Male und wäre um ein Haar auch gefallen. Wie durch ein Wunder hielt sie sich auf den Beinen und setzte ihren Weg, ohne das Tempo zu drosseln, fort.

Als ich sie schließlich eingeholt hatte, wirkte sie wie eine Marathon-Läuferin auf mich.

»Wenn ich zu viel Alkohol getrunken habe, dann kann ich immer ewig weit laufen. Keine Ahnung, woran das liegt. Aber manchmal ist das ganz nützlich.«

Was mich zu der Frage brachte, wie oft sie das bereits getestet hatte.

»Wir sollten dennoch ein wenig langsamer machen.«

Ailla zuckte mit den Schultern.

»Von mir aus. Aber sag das lieber meinen Beinen. Die machen gerade ihr eigenes Ding, befürchte ich.«

Das sah schon im nächsten Moment so aus, dass Ailla abermals stolperte. Diesmal geriet sie gewaltig ins Taumeln, ruderte mit ihren Armen und wäre sicher auch gefallen. Gerade noch rechtzeitig griff ich nach ihrem Arm und zog sie fest an mich.

»Das war knapp.«

Ailla sah mich mit großen Augen an.

Die Straßen waren menschenleer. An den trubeligen Sommertagen in St. Ives war das schon so etwas wie ein achtes Weltwunder. Früher hatten wir die Tage oft im Garten meiner Granny verbracht oder waren an eine unbekanntere Bucht gefahren, um den Menschenströmen zu entgehen. Erst in den Abendstunden war es mir dann so vorgekommen, als wäre St. Ives wieder unser kleines beschauliches Fischerdörfchen von einst. Außer es stand mal wieder ein Festival an. Dann war alles so überlaufen, dass es keine Freude machte, mal eben eine Pastie am Hafen oder Fish & Chips essen zu gehen.

»Wir sollten weiter«, erinnerte mich Ailla nach einer ganzen Weile, in der wir eng beieinanderstanden und uns in den Armen hielten.

»Das wird wohl besser sein«, bestätigte ich ihr im Hinblick auf Phil.

Doch Ailla schien meine Worte in den falschen Hals bekommen zu haben. Zumindest weckte ihr trauriger Augenaufschlag das Gefühl in mir. Sie musste glauben, dass ich die Nähe zu ihr nicht gutgeheißen hatte. Dabei war doch genau das Gegenteil der Fall.

»Phil wartet sicher schon«, schob ich schließlich noch hinterher, um meine vorherige Aussage zu relativieren.

Doch Ailla sah mich nach wie vor unschlüssig an. Sie öffnete den Mund ein wenig, als wollte sie mir etwas sagen. Dann schloss sie ihn jedoch wieder und setzte ihren Weg fort.

Der Hafen mit seinem Strand lag uns in einem Lichtermeer zu Füßen. Von hier oben aus hatte man einen wunderschönen Blick auf die Künstlerkolonie St. Ives. Bei Tage konnte man auf das kristallklare Wasser sehen, wenn nicht gerade Ebbe herrschte. Das Badewasser war das sauberste in Westeuropa, die Buchten und Strände preisgekrönt.

Für diejenigen, denen das Herumliegen am Strand zu eintönig wurde, bestand die Möglichkeit, Delfine, Robben und Riesenhaie zu beobachten. Auch Wassersportler kamen an der kornischen Küste beim Schnorcheln, Surfen oder Kajakfahren voll auf ihre Kosten. Viele namhafte Künstler und Promis hatten hier ihre Sommerresidenzen. Virginia Woolfs Familie besaß noch heute ein Ferienhaus in St. Ives.

Alle wollten nach St. Ives, nur ich war irgendwann gegangen und viel zu lange nicht hier gewesen. Warum hatte ich das gleich noch mal alles hinter mir gelassen? Für eine Karriere in London, die mich nicht glücklich machte?

Wie auf ein unsichtbares Kommando hin vibrierte das Handy in meiner Hosentasche. Ich brauchte gar nicht nachzusehen, ob es Richard war. Es fühlte sich nämlich ganz danach an. Die Schwingungen waren irgendwie anders, wenn er anrief. Bedrohlicher. Fordernder. Aber darum würde ich mich morgen in aller Ruhe kümmern. Jetzt galt es, einen eingesperrten Fußballtrainer aus seinem selbst gewählten Gefängnis zu befreien und nachzusehen, ob der Frosch, den ich Ailla vor so vielen Jahren zum Abschied geschenkt hatte, keinen bleibenden Schaden davongetragen hatte.

Kapitel 13

Ailla

Wie wir heil am *Heavensplace* ankamen, war mir ein Rätsel. Ich war gefühlt mehr geflogen als gelaufen. George hatte seine liebe Not, mir in der Skihose, die mein Ex bei seinem Auszug vergessen hatte, zu folgen. Dennoch fing er mich stets im richtigen Augenblick auf, wenn ich ins Stolpern geriet. Wirklich zu Schaden war ich nicht gekommen.

Höchstens mein Herz vielleicht. Denn das begann sich in rasanter Geschwindigkeit an den Mann zu gewöhnen, der dicht neben mir lief.

Dabei wusste ich doch nach wie vor nicht besonders viel über ihn. Wenn ich mir heute als einen der Programmpunkte für den Abend vorgenommen hatte, mehr über George zu erfahren, dann war ich diesbezüglich kläglich an mir selbst gescheitert. Anders konnte ich es nicht bezeichnen.

Warum hatte ich auch nur zu tief ins Glas geschaut? Ich trank doch sonst nicht so viel. Aber die Aufregung gepaart mit der Nervosität, als ich George im Türrahmen stehen sah, hatte mich derart aus der Fassung gebracht, dass ich viel zu leichtfertig ein aufs andere Mal nachgeschenkt und dadurch deutlich einen über den Durst getrunken hatte. Hicks!

»Hast du den Schlüssel?«, fragte mich George bei unserem Eintreffen im Tea-Room-Garten neben St. Ia's Church.

»Den Schlüssel?«, wiederholte ich einer Ohnmacht nahe.

Bestürzt legte ich mir die Hand auf den Mund und starrte George mit weit aufgerissenen Augen an.

»Du weißt schon ... Dieses metallene Ding mit den Zacken dran, mit dem man Schlösser öffnen kann«, erläuterte er mir wie einem Kleinkind.

Kopfschüttelnd stand ich vor ihm. Wie hatte ich denn nur den Schlüssel zum *Heavensplace* vergessen können? Aber als George mich nach oben in mein Schlafzimmer bugsieren wollte, war ich so schnell in Richtung Tür losgelaufen, dass ich gerade noch meinen Mantel zu fassen bekommen hatte.

»Du hast hier sicher irgendwo einen Zweitschlüssel versteckt.«

George war anzusehen, dass er sich gerade wie im falschen Film fühlte. Ein bemühtes Lächeln hing gequält auf seinen Lippen. Vermutlich mochte er sich nicht ausmalen, was ein weiteres Kopfschütteln meinerseits zu bedeuten hatte.

Leider konnte ich ihm keine positive Antwort geben.

»Den Zweitschlüssel habe ich auch zu Hause in meinem Cottage deponiert. Liz hat erzählt, dass irgendjemand nachts zwischen den Pubs und Restaurants herumschleicht und den Müll durchwühlt. Ich hatte Angst, dass diese Typen dabei das Versteck mit meinem Zweitschlüssel finden.«

»Verständlich. Aber im Moment nicht sonderlich hilfreich«, erwiderte George, der nach wie vor wie die Ruhe selbst auf mich wirkte.

Nur das leichte Zucken seines Lids deutete darauf hin, dass sein Geduldsfaden zu reißen drohte.

Mit meinem »Wir müssen wohl zurück« sprach ich aus, was wir beide dachten.

George ließ bei meinen Worten dennoch die Schultern nach unten sacken. Ihm war anzusehen, wie beschwerlich der Weg für ihn in der engen Skihose gewesen war. Und dabei war es nur bergab gegangen.

»Dann werde ich wohl oder übel den Rückweg antreten. Du wartest am besten hier auf mich.«

Es imponierte mir, wie George die Dinge in die Hand nahm, während kein Wort des Vorwurfs über seine Lippen kam.

»Sollte ich nicht lieber mitkommen?«, bot ich an.

George schüttelte den Kopf.

»Es ist besser, wenn du dich hier auf einen der Stühle setzt und auf mich wartest.«

Er sprach mit keinem Wort an, dass ich voll wie eine Strandhaubitze eine größere Last als Erleichterung für ihn wäre. Auch das nahm ich dankend zur Kenntnis und notierte es im Hinterkopf.

»Was ist denn hier los? Können Sie sich ausweisen? Warum lungern Sie hier an Aillas Team Room herum?«

Erschrocken rissen wir unsere Köpfe in die Richtung um, aus der die Stimme kam.

War das Liz in ihrem schwarzen Mantel? Sah ich das richtig?

»Liz?«

»Wer will das wissen?«

Ihre Worte klangen wie die Salve einer Maschinenpistole.

»Ich bin es. Ailla. Liz, es ist alles in bester Ordnung.«

»Bis auf die Tatsache, dass Phil im *Heavensplace* einge-schlossen ist und wir keinen Schlüssel haben, um ihn dort herauszuholen.«

Nun war es George offenbar doch zu viel geworden und er musste sich mal Luft machen. Doch ich machte ihm diesbezüglich keinen Vorwurf. Ich an seiner Stelle hätte vermutlich nicht so lange damit gewartet.

»Phil? Unser Trainer? Was macht er denn da drin-nen? Und wie konnte es passieren, dass er eingeschlos-sen wurde?«

Liz war gleich in ihrem detektivischen Element. Während die Fragen nur so auf mich hereinprasselten, gab George mir zu verstehen, dass er jetzt gehen wür-de, um den Schlüssel zu holen. Als Liz bei mir eintraf, war er bereits losgegangen. Der hatte es aber eilig. Erst als er schon weg war, bemerkte ich, dass er seine Ski-hose ausgezogen hatte, um schneller zu sein.

»Warte mal. War das nicht …?«

Liz sah dem Schatten nach, der durch die Dunkelheit huschte.

»Das ist George. Er unterstützt mich seit einer Wo-che in meinem *Heavensplace*. Du bist ihm sicher schon mal begegnet.«

Die Beschreibung traf zwar nicht im Ansatz das, was George für mich war, aber ich musste Liz ja nicht alles erzählen. Ein paar Geheimnisse würde ich für mich bewahren dürfen. Auch wenn sie den Eindruck auf mich machte, alles wissen zu wollen.

»George? Ich hätte schwören können … Verrückt! Bei meinem nächsten Besuch bei dir werde ich Ausschau nach ihm halten. Sein Laufstil ist beeindruckend. Und hast du den Knackarsch gesehen?« Der war mir dummerweise entgangen, da ich mit dem Rücken zu ihm dagestanden hatte, als er losgelaufen war. So ein Mist aber auch.

»Du riechst ganz schön nach Alkohol«, stellte Liz fest.

Schon wieder hatte ich das Gefühl, einem Verhör unterzogen zu werden.

»Hast du denn auf deiner Route etwas herausfinden können? Wurde wieder in den Mülltonnen gewühlt?«, wechselte ich unvermittelt das Thema.

Da ich selbst noch nicht wusste, wie ich den heutigen Abend mit George einzustufen hatte – Hicks! –, wollte ich erst mal eine Nacht darüber schlafen, ehe ich meinen Zustand bewertete, und hoffen, dass ich morgen nicht mit Kopfschmerzen aufwachen würde.

»Bislang keine neuen Erkenntnisse. Das wurmt mich total. Am liebsten würde ich mich die ganze Nacht auf die Lauer legen oder eine Kamera aufstellen. Aber für eine so lange Observierung braucht es mehr Leute, und die Kamera kann ich mir nicht leisten.«

Ich wollte schon etwas erwidern, da klingelte das Handy in meiner Manteltasche. Merkwürdig! Ich konnte mich nicht mal daran erinnern, es eingesteckt zu haben. Und warum ausgerechnet das Handy und nicht die Schlüssel? Die wären doch viel wichtiger gewesen.

»Hallo, Phil! Wir sind schon da«, erklärte ich ihm, woraufhin das Licht im Inneren des *Heavensplace* anging und er zur Tür kam.

Als er die Klinke vergeblich herunterdrückte, sah er mich vorwurfsvoll an.

»Warum machst du denn dann nicht auf? Ich muss nach Hause. Margery tobt schon vor Wut. Wenn ich nicht gleich losgehe, hat sie angedroht, meine Sachen aus dem Fenster zu werfen und den Rasensprenger anzustellen.«

Die Vorstellung war witzig. Nur unter Aufbietung all meiner Kräfte gelang es mir, nicht laut loszulachen.

»Ich habe den Schlüssel vergessen. Aber George ist schon auf dem Weg, um ihn zu holen.«

Phil gab einen seufzenden Laut von sich.

»Was ist mit Kermit? Ist er die Leiter hochgeklettert?«

Es schien mir nicht besonders zielführend zu sein, weiter über die Schlüsselmisere zu reden. George war bereits dabei, meinen Fauxpas auszubügeln. Phil war des Weiteren von niemandem genötigt worden, sich in meinem Tea Room einschließen zu lassen. Das war ganz und gar seine Entscheidung gewesen. Keine, die ich besonders billigte. Aber nun waren die Dinge nun mal so, wie sie waren, und konnten nicht mehr geändert werden.

»Frag besser nicht. Der Kerl hat sich den kompletten Abend nicht von seiner bescheuerten Sprosse bewegt. Ganz so, als wäre er dort festgeklebt worden. Das Tier macht mich noch wahnsinnig.«

Bedauernswerterweise hatte Phil Unannehmlichkeiten auf sich genommen, ohne Erfolg damit zu haben. Aber auch was das anbelangte, lag die Schuld nicht bei mir oder Kermit.

Kermit war ein Wetterfrosch und kein Fußballorakel. Auch wenn Phil das nicht wahrhaben wollte.

»Vielleicht hatte er einfach einen schlechten Tag«, schlug ich vor.

Liz ging hinüber zur Glastür und klopfte dagegen.

Phil, der nach wie vor vertieft in unser Gespräch war, hatte sie nicht kommen sehen und erschrak fürchterlich.

Das war abermals so komisch, dass ich kaum an mich halten konnte.

Liz winkte ihm freundlich zu, während Phil sie verteufelte.

Kleinstadtleben par excellence.

»Wie lange dauert das denn noch?«, quengelte Phil wie ein Vierjähriger, der nicht mehr laufen wollte.

»George kommt gleich«, behauptete ich und wandte mich dabei in die Richtung um, in die er verschwunden war.

Mit jedem weiteren Augenblick, den ich draußen an der frischen Luft stand, ging es mir besser. Mein Kopf schmerzte zwar, aber der Alkohol in meinem Blut war wie weggeblasen. Nur dieses leicht schwebende Gefühl war noch da. Aber damit konnte ich umgehen. Die Müdigkeit war verflogen.

Ich blickte hinauf zum Nachthimmel, während Liz und Phil sich angifteten. Das Gespräch beendete ich und steckte mein Handy zurück in meine Manteltasche. Ganz tief sog ich die frische Meeresbrise in meine

Lungen ein und lauschte dem Rauschen des Wassers. Es herrschte Flut.

Mit einem »Hier ist er« weckte George mich aus meinen Gedanken.

»Das ist … toll«, sagte ich und stockte dann, als mein Blick auf seine engen Boxershorts fiel.

Georges Blick folgte dem meinen, ehe er sich die Skihose krallte und vor den Körper hielt. Warm gelaufen von der Strecke, war allein die Vorstellung, sie wieder überzuziehen, sicher die reinste Folter.

»Dann sollten wir mal«, schlug ich vor und hob den Schlüssel dabei demonstrativ in die Höhe, ehe ich mich zu Liz und Phil umwandte, die nach wie vor an der Scheibe standen und sich gegenseitig anblafften.

Die besten Freunde waren die beiden noch nie gewesen. Dabei wurde ihnen nachgesagt, in ihrer Jugend eine echt heiße Affäre miteinander gehabt zu haben. Bestimmt vor Phils Zeit mit Margery. Aber wer wusste das schon so genau? Alte Liebe rostete ja bekanntlich nicht. Oder?

Kapitel 14

Jory

Erst als ich einige Male tief ein- und wieder ausgeatmet hatte, fiel mir auf, dass Liz nach wie vor hier war. Zu allem Übel war das *Heavensplace* mittlerweile hell erleuchtet. Wenn ich mich der Tür näherte, würde sie mich unweigerlich erkennen. Das durfte ich unter gar keinen Umständen riskieren.

»Ich geh schnell nach Hause und zieh mir eine andere Hose über«, erklärte ich, woraufhin Ailla in der Bewegung innehielt.

»Kommst du wieder?«, fragte sie mit sehnsuchtsvoller Stimme.

»Soll ich denn?«

Auch wenn an diesem Abend bisher rein gar nichts zwischen Ailla und mir gelaufen war, spürte ich doch die intensiven Schwingungen zwischen uns. Ein Blick in ihre Augen gab mir die Antwort auf meine Frage. Dennoch standen wir uns noch eine gefühlte Ewigkeit gegenüber.

Das schüchterne »Ja«, das kaum hörbar über ihre Lippen kroch, war wie der Beweis, den ich brauchte, um zu wissen, dass es Ailla ganz ähnlich erging wie mir.

»Ich beeile mich.«

Damit wandte ich mich um und rannte so schnell ich konnte den Berg hinauf zum Cottage meiner Granny.

So viel Sport hatte ich seit Jahren nicht mehr gemacht.

Als es nach dem schwierigen Anfang mit der PR-Agentur besser lief, blieb kaum noch Zeit für irgendwas anderes in meinem Leben. Hobbys, Frauen, ein ungezwungener Besuch im Restaurant mit Freunden – das alles rückte in den Hintergrund. An Sport und Fitness war nicht zu denken. Alles, was zählte, war die Agentur.

Je länger ich über das toxische Verhältnis zu meiner Arbeit nachdachte, desto sicherer war ich mir, dass ich so nicht mehr leben wollte. Vielleicht war es an der Zeit, hierher zurückzukehren und zu bleiben.

London war groß, schnelllebig, ereignisreich, aufregend und immer wieder neu. Aber es war nicht meine Heimat. Und das würde es auch nie werden.

Auf dem Weg zu Grannys Cottage rief Richard mich abermals an.

»Richard, was gibt es denn so Dringendes? Hat das nicht Zeit bis morgen?«

»Wie oft willst du mich damit denn noch vertrösten? Hm? Falls du dich daran erinnern kannst, dann haben wir beide die Verantwortung für unsere Agentur. Gemeinsam. Es war nie die Rede davon, dass ich von heut auf morgen alles alleine machen und entscheiden muss. So geht das nicht, Jory. Hörst du? Du musst zurückkommen. Wir brauchen dich hier.«

Bildete ich es mir nur ein oder klang Richards letzter Satz flehend?

»Gib mir noch eine Woche, um meine Batterien aufzuladen. Ich brauche eine Auszeit, Richard.«

»Ach, und was ist mit mir? Ich müsste auch ganz dringend mal raus. Ich gebe dir zwei Tage, Jory. Zwei Tage. Wenn du bis dahin nicht zurückgekommen bist, ziehe ich andere Saiten auf. Lass dir das gesagt sein.«

Da war er wieder: Richard, wie er leibte und lebte und kein Blatt vor den Mund nahm.

»Eine Woche«, blieb ich standhaft und beendete das Gespräch.

Es war weder die richtige Zeit noch der richtige Ort, um sich derlei Dingen zu widmen. Jetzt hieß es, sich auf das zu fokussieren, was im Leben wirklich wichtig war, und dabei zu hoffen, nicht aufzufliegen.

Um ein Haar hätte Liz mich erkannt. Das war knapp gewesen. Und was, wenn sie schon morgen wieder im *Heavensplace* aufmarschierte? Ich konnte nicht jedes Mal untertauchen, wenn ich sie sah. Unweigerlich würde sie mich irgendwann vor Ailla zur Rede stellen.

Nein, darauf durfte ich es nicht ankommen lassen. Ich musste selbst handeln. Und zwar schnell, wenn ich nicht wollte, dass mir ein anderer zuvorkam.

Zu Hause angekommen, stürmte ich zur Tür hinein, zog mir eine Jeans über, die auf dem Bett lag, in der Hoffnung, dass Ailla noch auf mich wartete. Während ich mich in die Hose zwängte, lief ich in den Flur und wäre beinahe die Treppe hinuntergestolpert.

Als ich schließlich wenige Minuten später am *Heavensplace* ankam, stand Ailla vor der Tür wie bestellt und nicht abgeholt. Von Phil und Liz war weit und breit nichts mehr zu sehen. Überhaupt wirkte der Ort recht verlassen.

Mit einem gehauchten »Hey« meldete ich mich zurück.

Noch immer ganz außer Atem dauerte es einen Moment, bis ich wieder sprechen konnte.

»Wo kommst du eigentlich her, George?«, fragte Ailla mich und klang dabei, als hätte sie sich schon eine ganze Weile vorgenommen, mir diese Frage zu stellen.

»Aus London. Ursprünglich aus Cornwall. Warum fragst du?«

Ailla wirkte verändert. Nicht mehr so locker und heiter wie nach dem Wein. Die frische Luft hatte sie nüchtern werden lassen. Gleichzeitig hatten ihre Gedanken ausreichend Zeit gehabt, auf Wanderschaft zu gehen. Oder hatte Liz mich doch erkannt und ihr erzählt, wer ich wirklich war?

Allein der Gedanke daran ließ mir das Blut in den Adern gefrieren. Verunsichert machte ich mich in ihrem Gesicht auf die Suche nach einem Anhaltspunkt, der mir Auskunft darüber erteilte, was sie wusste.

Die Augen leicht zusammengekniffen, die Stirn in Wellen gefurcht, stand sie vor mir und hielt meinem Blick stand. Ich befürchtete das Schlimmste und versuchte mich dagegen zu wappnen. Doch die Ungewissheit lähmte mich zusehends.

War es nun an der Zeit, meinen Fehler einzugestehen und Ailla reinen Wein einzuschenken? Oder würde ich sie damit vor den Kopf stoßen und mir alle Chancen bei ihr verbauen? Und wollte ich das überhaupt? Eine Chance?

Meine Gedanken und Gefühle fuhren Achterbahn. Mein Kopf zwang mich, realistisch zu bleiben und an die Agentur zu denken. Mein Herz wusste genau, wo es hingehörte. Und der Rest von mir schien erst mal froh zu sein, nicht mehr in der viel zu warmen Skihose zu stecken.

»Mir ist mal wieder bewusst geworden, dass ich so gar nichts über dich weiß. Für gewöhnlich ist das ja nicht so wichtig, aber ...«

»Ja?«, hakte ich nach.

»Da wir nun längerfristig zusammenarbeiten werden, möchte ich etwas über dich und dein Leben erfahren. In Zukunft will ich auch mehr Verantwortung an dich übertragen können. Dafür muss ich wissen, mit wem ich es zu tun habe. Verstehst du?«

Innerlich atmete ich auf.

»Natürlich. Du kannst mich alles fragen.«

Ob ich allerdings ehrlich würde antworten können, wusste ich zu diesem Zeitpunkt noch nicht zu sagen. Aber ich arbeitete daran. Nahezu verbissen. Schließlich saß mir Richard bereits im Nacken. Der würde sich bei allem guten Zureden nicht mehr allzu lange hinhalten lassen. Dafür kannte ich ihn zu gut.

»Wirklich alles?«

Ailla kniff ihre Augen noch eine Spur fester zusammen und sah mich abwartend an.

»Klar«, erwiderte ich so salopp, wie es mir in diesem Moment nur möglich war.

Kapitel 15

Ailla

»Das hat ja eine Ewigkeit gedauert«, jammerte Phil und trat mit hochrotem Kopf aus meinem Tea Room heraus.

Er war vor lauter Aufregung noch mal aufs stille Örtchen verschwunden, während George bei mir eintraf.

Liz hatte in der Zwischenzeit die Flucht ergriffen. So hatte sie es zwar nicht bezeichnet, aber ich hatte bemerkt, wie sehr ihr die Streitigkeiten mit ihrer ehemaligen Flamme zugesetzt hatten. Da hatte sie es vorgezogen, sich wieder auf die Lauer zu legen, um den oder die Mülltonnenwühler auf frischer Tat zu ertappen.

»George hat so schnell gemacht, wie es nur ging«, entgegnete ich und nahm ihn in Schutz.

Auch wenn ich drohte, mich zu wiederholen: Niemand hatte Phil gezwungen, sich im *Heavensplace* einschließen zu lassen. Das war allein seine eigene Entscheidung gewesen.

»Wenn Margery meine Sachen aus dem Fenster geschmissen hat, dann werde ich … Ach …«

Mit einer wegwerfenden Handbewegung schritt er an mir vorüber, ohne mich auch nur noch eines Blickes zu würdigen. Das hatte man nun davon, wenn man den Leuten half. Anstatt mich auf den Weg zu machen, um ihn aus seiner misslichen Lage zu befreien, hätte ich Phil dort drinnen schmoren lassen sollen, bis er mindestens so zart wie die Lammkeule des heutigen Abends war.

Zumindest hoffte ich, dass sie es gewesen war. Denn bei genauerer Betrachtung konnte ich mich nicht mal mehr daran erinnern, sie gegessen zu haben.

Nie wieder Alkohol!

Hicks.

Das Teufelszeug vernebelte einem die Sinne. Und ließ einen nicht selten das Wesentliche vergessen. Wo war ich noch gleich stehen geblieben?

»Sollten wir einen Blick auf Kermit werfen?«, gab George zu bedenken, als Phil gegangen war und ich gerade die Tür abschließen wollte.

Ohne meine Antwort abzuwarten, ging er ins Innere des Tea Rooms.

Ich konnte mich nicht mehr daran erinnern, wann ich das letzte Mal so spät im *Heavensplace* gewesen war. Das musste eine Ewigkeit her sein.

Mit einem »Komm mal! Das solltest du dir ansehen« weckte George mich aus meinen Gedanken.

Suchend sah ich mich im Raum um, ehe ich ihn am Terrarium entdeckte.

»Ist was mit Kermit?«

Noch während ich das fragte, eilte ich zu den beiden hinüber.

»Was macht er denn da?«

»Nun, wenn ich das richtig sehe, dann sitzt er auf dem Ball.«

Bei Georges Worten machte ich große Augen.

»Meinst du, Phil hat ihn da draufgesetzt? Das sieht irgendwie unbequem aus. Oder?«

George sah mich achselzuckend an.

»Vielleicht war es auch der Fußballgott, der Kermit einen Schubs gegeben hat. Ob das jetzt gut oder schlecht ist, bleibt abzuwarten.«

George lachte.

Und ich konnte nicht anders, als miteinzustimmen.

Es war schön, dass er da war und nicht gleich die Flucht ergriffen hatte. Ein anderer hätte mir die Sache mit dem Schlüssel ziemlich krummgenommen und mir Stunden danach Vorwürfe gemacht. George nicht. Er sprach überhaupt nicht mehr darüber.

»Was wollen wir jetzt mit dem angebrochenen Abend anfangen?«

Eine äußerst gute Frage.

»Ich habe noch ein Erdbeertiramisu im Kühlschrank«, erwiderte ich grinsend.

George reichte mir seinen Arm, damit ich mich daran unterhaken konnte.

»Worauf warten wir denn dann noch?«

Offenbar mochte er Tiramisu sehr gerne. Oder aber er mochte die Vorstellung, den Abend ganz entspannt in meiner Wohnküche ausklingen zu lassen.

»Was ist denn hier los? Ist jemand eingebrochen?«

Kreidebleich stand Emma in der Tür und hielt sich dabei die Hand aufs Herz.

George und ich schüttelten den Kopf, ehe ich ihr erklärte, was vorgefallen war.

»Phil nimmt seinen Job als Trainer eine Spur zu ernst«, meinte Emma.

So hatte ich es noch gar nicht gesehen.

»Leider muss ich gleich weiter. Heute Abend findet eine Lesung in meiner Buchhandlung statt.«

Emma sah von mir zu George und wieder zu mir. Dann öffnete sich ihr Mund abermals. Ich hatte schon die Befürchtung, dass sie uns einladen könnte, da verabschiedete sie sich auch schon von uns.

»Wir sollten jetzt besser gehen«, schlug ich vor.

»Das Tiramisu«, erinnerte sich George und war schon auf dem Weg zur Tür.

»Das ist sehr ... lecker.«

Seit wir zurück in meinem Cottage waren, fiel es uns irgendwie schwer, unbefangen miteinander zu reden.

Ich schämte mich mittlerweile für den vielen Wein, und George schien sich nicht ganz sicher zu sein, ob es eine gute Idee gewesen war, mit mir nach Hause zu gehen. Er sagte es nicht. Aber das brauchte er auch gar nicht. Ich konnte es ihm ansehen.

»Das freut mich sehr. Möchtest du noch einen Nachschlag?«, bot ich ihm an.

»Vielleicht eine kleine Portion?«

George machte Angaben mit seinem Zeigefinger und Daumen, wie groß diese ausfallen sollte.

»Wie war deine Kindheit?«, fragte ich ihn, während ich mich zum Kühlschrank aufmachte.

»Die war ... gut. Ich hatte ... eine schöne Kindheit. Doch. Ja.«

George wirkte unsicher. Lag das daran, dass er nicht wusste, wie er seine Kindheit einzustufen hatte, oder machten ihn meine Fragen irgendwie nervös?

»Du musst nicht hier sein, George. Ich hoffe, du weißt das«, platzte es aus mir heraus, als ich ihm das Tiramisu reichte.

»Ich will es aber«, versicherte er mir, als er mir die Schale aus der Hand nahm.

Was nicht ganz stimmte. Er legte seine Hände auf meine, und damit hielten wir seine Nachspeise zusammen fest. Dabei sah er mich mit seinen großen dunklen Augen an und schien mir auf diese Weise sagen zu wollen, was für ein Idiot er doch gewesen war.

»Die Sache mit dem Schlüssel tut mir leid«, gab ich kleinlaut zu.

Inzwischen konnte ich mir schon nicht mehr erklären, wie es dazu hatte kommen können. In meinem ganzen Leben hatte ich noch nie meinen Schlüssel vergessen oder verlegt. Nur gut, dass die Haustür nicht abgeschlossen gewesen war. Aber bekanntlich war ja immer irgendwann das erste Mal. Und dann der Alkohol …

»Schwamm drüber! Das hatte ich schon längst vergessen«, behauptete er und hielt dabei nach wie vor meine Hände umschlossen.

Wenn ihm die Sache nicht mehr zusetzte, warum war die Stimmung zwischen uns dann so komisch, ja, beinahe unterkühlt? Sosehr ich mich auch um eine Antwort auf diese Frage bemühte, wollte es mir doch schlichtweg nicht gelingen.

Innerlich rang ich mit mir. Ich fragte mich, ob ich seine Nähe mochte oder ob sie mir gerade unangenehm war, da ich nicht wusste, was plötzlich zwischen uns los war.

»Ailla, ich muss dir etwas sagen.«

George wirkte ernst.

Unterhaltungen, die so begannen, hatten mir noch nie gefallen. Ich befürchtete bereits das Schlimmste, also löste ich mich aus seinen Händen und goss mir noch ein Glas Wein ein. Eine Panikreaktion, wenn man so wollte.

»Ich bin nicht der, für den du mich hältst«, erklärte er und sah mich dabei noch immer mit festem Blick an.

Mein Herz setzte einen Schlag aus. Ich hielt den Atem an, während ich darauf wartete, dass er endlich weitersprach. Doch den Gefallen tat er mir nicht.

»Wer bist du denn?«, fragte ich schließlich, als mir die Warterei zu viel wurde und ich endlich Gewissheit haben wollte.

»Ailla, ich weiß nicht … Ich bin …«

»Wie wäre es mit einem Glas Wein?«, sagte ich, um die angespannte Atmosphäre ein wenig aufzuheitern.

Noch ehe George mir eine Antwort geben konnte, schenkte ich ihm auch schon ein. Und trank im nächsten Moment selbst mein ganzes Glas aus.

Ja, ich hätte es besser wissen müssen, aber ich war leider auch nur ein Mensch. Ein Mensch mit all seinen Fehlern. Und Ängsten. Besonders den Ängsten.

»Ich habe ganz vergessen, die Musik anzumachen. Wo bin ich nur mit meinen Gedanken?«, überging ich die Situation einfach und tat so, als hätte es die letzten fünf Minuten nicht gegeben.

Innerlich fragte ich mich allerdings pausenlos, was George mir damit sagen wollte. Wer war er denn dann, wenn nicht George?

»Ailla, ich sollte …«

Als mir seine vielen Andeutungen und der betrübte Blick zu viel wurden, tat ich etwas, was ich unter normalen Umständen nicht getan hätte. Anstatt mich nämlich nach dem Einlegen der CD wieder auf meinen

Platz zu setzen, ging ich geradewegs auf George zu, legte meine Hände auf seine Wangen und küsste ihn.

Anfangs war es noch ganz zaghaft. Doch nach und nach erwiderte George meinen Kuss. Er zog mich auf seinen Schoß und vergrub seine Hände in meinem Haar. Schon im nächsten Augenblick übersäte er meinen Hals mit einer Spur aus Küssen. Mein ganzer Körper stand in Flammen, während ich meine Stimme der Vernunft immer weiter ins Off abdrängte. Am Ende hatte sie Sendepause. Ebenso wie mein Gehirn. Ich blendete alles und jeden aus. Alles, was zählte, war dieser Augenblick. Und den würde ich in vollen Zügen genießen. Ohne Reue.

Kapitel 16

Jory

Am nächsten Morgen dauerte es einen Moment, bis ich mir der Tatsache bewusst wurde, dass ich nicht in meinem Bett lag.

Mit geschlossenen Lidern überlegte ich, ob ich nach London in mein Apartment zurückgefahren war. Dann jedoch legte sich ein Kopf auf meine Brust. Rotes langes Haar blätterte sich wie ein Fächer auf. Der Duft von Aprikose und Meer lag in der Luft. Die Sonne blitzte bereits herein. Lange würde es nicht mehr dauern, bis das Zimmer taghell war.

Noch ehe ich wusste, wie mir geschah, lief vor meinem inneren Auge ein Film ab. Ich hielt Ailla in den Armen, trug sie die Treppe hinauf in ihr Schlafzimmer, und dann verbrachten wir unsere erste gemeinsame Nacht miteinander.

Ein warmes Gefühl durchströmte meinen Körper bei diesem Gedanken. Es war unbeschreiblich gewesen, Ailla so nahe zu sein, sie zu spüren und ihren Duft einzuatmen.

Alles hätte so schön sein können. Zumindest, wenn ich den Mut gefunden hätte, ihr zu sagen, wer ich wirklich war. Nun war es zu spät. Wir hatten miteinander geschlafen, ohne dass ich die Gelegenheit genutzt hätte, mich zu erklären. Aber vermutlich wäre es nach meinem Bekenntnis nie so weit gekommen.

Trotz der frühen Stunde war ich plötzlich hellwach. Die Gedanken in meinem Kopf überschlugen sich. Was sollte ich jetzt nur tun? Das Beste wäre sicher, ich würde mir meine Sachen schnappen und schnellstmöglich von hier verschwinden. Oder? Nein, das konnte ich Ailla nicht antun. Nicht nach dieser ganz besonderen Nacht.

Aber wie sollte ich mich sonst aus der Affäre ziehen? Ich musste Ailla reinen Wein einschenken, auch wenn ich das Gefühl hatte, dass sie von diesem in nächster Zeit nicht mehr kosten wollte. Hoffentlich würde sie heute Morgen nicht mit Kopfschmerzen aufwachen.

Ailla gab einen Laut von sich. Es klang so, als riefe sie meinen Namen.

Mit angehaltenem Atem lag ich da, während sie sich wieder von meiner Brust auf die andere Seite rollte und weiterschlief.

Erleichtert atmete ich auf. Dabei wusste ich nach wie vor nicht, was zu tun war. In meinem bisherigen Leben hatte ich noch nie mit einer vergleichbaren Situation zu tun gehabt. Das alles hier war neu für mich. Und ungewohnt. Für gewöhnlich war ich ehrlich zu den Menschen. Sogar in meinem Job als PR-Berater. Ehrlichkeit war wichtig. Es schaffte Vertrauen.

Indem ich Ailla nicht die Wahrheit darüber gesagt hatte, wer ich wirklich war, hatte ich ihr Vertrauen missbraucht. Ich kam mir schrecklich dabei vor. Am liebsten hätte ich das Rad der Zeit zurückgedreht. Aber so einfach war das nicht.

Ganz leise schlug ich die Decke zurück, setzte mich auf und schnappte mir meine Boxershorts und die Jeans vom Boden. So geräuschlos wie möglich zog ich beides über, angelte mir das Hemd vom Stuhl und blickte mich suchend nach Schuhen und Socken um.

Gestern Abend hatte ich keinen Sinn dafür gehabt, mir einzuprägen, wo ich was hingeworfen oder -gelegt hatte. Es war unwichtig gewesen. Alles, was zählte, war, Ailla nahe zu sein, sie zu halten, sie zu spüren.

Ein Stich durchfuhr mein Herz bei diesem Gedanken. Wie hatte ich ihr das nur antun können? Wie würde sie darauf reagieren, wenn sie erfuhr, wer ich war? Würde sie mir verzeihen oder mich zum Teufel jagen?

Als ich meine Socken und die Schuhe endlich hinter den bodenlangen Vorhängen gefunden hatte, nahm ich alles in die Hand und machte mich auf Zehenspitzen auf, das Zimmer zu verlassen.

An der Tür angekommen, legte ich meine Finger auf die kalte Klinke und wollte sie bereits herunterdrücken.

»Willst du dich jetzt einfach so davonstehlen?«, fragte Ailla in meinem Rücken.

Es dauerte einen Moment, bis ich mich gefangen hatte.

Dann wandte ich mich zu ihr um.

»Ich? Nein! Ich wollte Frühstück vorbereiten und dich damit überraschen.«

Eine weitere Lüge auf meiner ellenlangen Agenda. Was tat ich da bloß?

»Oh, das tut mir leid. Jetzt habe ich dir die Überraschung verdorben, weil ich dachte, du ... Entschuldige bitte. Ich wollte dir nicht unterstellen ...«

Ich winkte ab, als ich ihre Entschuldigungen nicht länger ertrug. Mein schlechtes Gewissen bereitete mir auch so schon Kopfzerbrechen.

»Ich werde dann mal Kaffee kochen«, beeilte ich mich zu sagen.

»Es sind noch Scones da. Und Toast. Vielleicht ein paar Eier. Ich bin mir nicht sicher«, erklärte Ailla und sah dabei nachdenklich aus.

Ob sie währenddessen an die Auswahl dachte, die sie soeben aufgezählt hatte, oder an die vergangene Nacht, erschloss sich mir dabei nicht.

»Ich werde sehen, was ich finde. Bis gleich«, verabschiedete ich mich von ihr.

»Bis gleich.«

Als ich durch die Schlafzimmertür hindurch war, schloss ich die Tür und hielt noch einige Augenblicke inne, ehe ich mich schließlich auf den Weg nach unten machte und nicht wusste, wie ich das alles bloß je wieder richtigstellen sollte.

Kapitel 17

Ailla

»Ich möchte bitte noch einen Carrot Cake und eine Limonade bestellen.«

Es dauerte einen Moment, bis ich realisierte, dass ich damit gemeint war.

Das Frühstück mit George war nicht ganz so verlaufen, wie ich es mir erhofft hätte. Es hatte sich angefühlt, als würde er sich für die gemeinsame Nacht mit mir schämen. Hatte ich ihn am Ende zu etwas gedrängt, was er gar nicht wollte? Ich gab dem Wein die Schuld. Und der Angst, er könnte mir etwas offenbaren, was ich nicht von ihm hören wollte. Nun war die Ungewissheit noch viel schlimmer als zuvor.

Ich straffte die Schultern, dann schrieb ich die Bestellung auf meinen Zettel und ging auch zu den übrigen Tischen im Garten, um nach dem Rechten zu sehen.

George war kurz nach Hause gegangen, um sich frisch zu machen und neue Klamotten überzuziehen. Irgendwie beschlich mich der Verdacht, dass es nur ein Vorwand gewesen war, um von mir loszukommen. Vermutlich war ich ihm doch zu nahe auf die Pelle gerückt, und er ging als logische Konsequenz dazu auf Abstand zu mir.

Nervös und völlig durch den Wind kehrte ich in den Tea Room zurück, um die Bestellungen zu bearbeiten. In Gedanken versunken, betätigte ich die Kaffeemaschine, richtete Kuchen auf den Tellern an und gab ein belegtes Toastbrot in den Sandwichmaker.

»Ailla?«, riefen Emma und Sarah wie aus einem Mund.

Sie hatten auf den beiden Barhockern an der Stirnseite der Theke Platz genommen. Und ich hatte sie nicht mal bemerkt. Obwohl sonst niemand an der Theke saß und es ohnehin am heutigen Morgen recht ruhig war.

»Alles in Ordnung bei dir?«, fragte Emma mit einer gewissen Sorge in der Stimme.

»Hey, ihr beiden! Wie schön, dass ihr da seid.«

Dankbar für die Ablenkung eilte ich zu ihnen hinüber.

»Wie war deine Lesung?«, fragte ich Emma in der Hoffnung, sie würde dann nicht weiter so wissend dreinsehen.

Manchmal hatte ich das Gefühl, Emma wusste immer ganz genau darüber Bescheid, wie es um mich bestellt war. Ob ich wollte oder nicht.

»Die Lesung war ein voller Erfolg, würde ich behaupten. Allerdings habe ich gestern Nacht festgestellt, dass nun auch meine Mülltonne durchwühlt wurde.«

»Das nimmt ja immer größere Ausmaße an«, erwiderte ich bestürzt.

»Wie war denn dein Abend so?«, fragte Sarah und sah mich dabei eindringlich an.

»Mein Abend?«

Die Beunruhigung, die mich bei dieser Frage erfasste, war mir deutlich anzuhören.

»Wie war das denn nun mit Kermit und Phil?«, wollte Sarah wissen.

Daher wehte der Wind. Emma hatte ihr davon erzählt, dass ich gestern Abend noch im Laden gewesen war. Das Adrenalin in meinen Blutbahnen ebbte ab. Eine gewisse Entspannung machte sich in mir breit.

»Emma hat dir sicher schon einiges erzählt. Ansonsten weiß ich leider nicht, wie es ihm zu Hause ergangen ist. Margery hat ihm gedroht, seine Sachen in den Garten zu werfen und die Sprinkleranlage anzustellen.«

»Ach, das erklärt's«, meinte Emma.

Sarah und ich sahen sie erwartungsvoll an.

»Na, als ich heute Morgen am Haus der beiden vorbeigegangen bin, lagen dort unzählige Kleidungsstücke,

Fußbälle, Bücher und Schallplatten auf der Wiese. Alles war nass. Ich habe noch überlegt, ob es heute Nacht geregnet hat und wie die Sachen überhaupt in den Garten gekommen sind. Da kam auch schon Margery aus der Tür, wünschte mir einen schönen Tag und ging wieder ins Haus. Ganz so, als wäre es das Normalste von der Welt, dass ihr Garten voller Kram lag, der dort nicht hingehörte.«

»Dann ist das gestern für Phil offenbar nicht gut ausgegangen. Ob Margery wohl Wind davon bekommen hat, dass Liz hier war und sich mit ihm unterhalten hat? Die beiden hatten sich einiges zu sagen. Und auch wenn sie sich die meiste Zeit angeschrien haben, glaube ich doch, dass da noch etwas zwischen den beiden ist.«

Emma und Sarah nickten zustimmend.

»Und George? Wie war es mit ihm? Habt ihr den Rest des Abends miteinander verbracht?«

Emma versuchte beiläufig zu klingen. Jedoch entging mir nicht, wie Sarah und sie bei ihrer Frage an meinen Lippen hingen.

»Er war noch bei mir, ja.«

»Wo ist er denn heute?«

Suchend blickte Sarah sich um.

»Er musste nach Hause, um … Ein Handwerker wollte vorbeikommen. Das hatte er ganz vergessen. Er kommt heute etwas später.«

Fast hätte ich mich verplappert und den beiden offenbart, dass George nicht nur den Abend, sondern auch die Nacht mit mir verbracht hatte.

Im Grunde wäre es nicht mal so schlimm gewesen. Wir drei hatten keine Geheimnisse voreinander. Da ich allerdings spürte, dass zwischen George und mir etwas nicht stimmte, wollte ich die beiden erst ins Vertrauen ziehen, nachdem ich wusste, was da los war.

Wieder hatte ich das ungute Gefühl, dass George, hätte ich ihn heute Morgen nicht angesprochen, seine Sachen gepackt hätte und sang- und klanglos verschwunden wäre. Die Ausrede mit dem Frühstück hatte ich ihm nicht ganz abgekauft. Ob er nun nach seiner Stippvisite zu Hause noch mal zurückkommen würde, war ebenso fraglich.

»Handwerker. So, so.« Sarah zwinkerte mir vielsagend zu.

Wusste sie wohl schon mehr, als ich bereit war, ihr zu erzählen?

»Liz hat heute Morgen jemanden aus deinem Cottage kommen sehen. Und auch wenn sie sich nicht ganz sicher war, um wen es sich dabei handelte, meint sie, es wäre ein Mann gewesen.«

Resigniert ließ ich die Schultern sinken. Leugnen war zwecklos. Wenn Liz mich beobachtet hatte, wusste es ohnehin schon bald ganz St. Ives. Oder waren die Leute etwa bereits im Bilde?

»Ihr wisst ja bereits alles. Was soll ich euch da noch erzählen?«

Ein wenig eingeschnappt verschränkte ich die Arme vor der Brust.

Sarah und Emma schauten verlegen drein.

»Wir wollten es von dir hören. Wir sind doch Freunde. Und wir wollen nur das Beste für dich. Wenn du glücklich bist, sind wir es auch.«

Emma legte ihre Hand auf meine. Und Sarah gab ihre noch obendrauf.

Schon tat es mir leid, dass ich die beiden so angegangen war.

»Riecht da nicht etwas verbrannt?«, hörte ich einen Gast fragen.

»Mist!«

Vor lauter George-Geschichten hatte ich ganz vergessen, das Sandwich aus dem heißen Eisen herauszunehmen. Qualm stieg in meinem Rücken auf, und schon im nächsten Moment roch es furchtbar verbrannt.

Eilig stürzte ich hinüber, zog den Stecker aus der Steckdose und atmete erleichtert auf, als ich bemerkte, dass der Toast zwar verkokelt, aber sonst nichts weiter passiert war. Glück im Unglück, wenn man so wollte.

»Das war knapp«, meinte Sarah, die mit Emma zu mir gelaufen kam.

Ein Gast hatte bereits die Tür sperrangelweit geöffnet, sodass der Mief nach draußen abziehen konnte. Der Rauch kratzte in den Augen. Einige meiner Gäste mussten husten. Sarah eingeschlossen.

Mit einem »Wir sind immer für dich da« nahm mich Emma in die Arme.

Ihre Wärme tat gut und war mir vertraut.

Als auch Sarah noch ihre Arme um uns schloss, war unser Trio komplett.

»Entschuldigung, ist Ihnen ein Jory Penrose bekannt? Ich bin auf der Suche nach ihm.«

Eine männliche Stimme drang aus der Richtung der Barhocker zu uns, auf denen Sarah und Emma gerade noch gesessen hatten.

»Jory? Wer will das wissen?«, hakte ich nach.

Es war ein halbes Leben her, dass ich Jory das letzte Mal gesehen hatte. Heute Morgen seinen Namen zu hören, fühlte sich komisch an, nachdem ich die Nacht mit einem Mann verbracht hatte, dessen Augen mich so fatal an ihn erinnerten.

»Ist er nun hier oder nicht? Ich habe keine Zeit für Spielchen.«

Der Typ schien es ernst zu meinen. Aber wenn er glaubte, auf diese Weise etwas von mir zu erfahren, dann war er schief gewickelt. So ließ ich nicht mit mir reden. Schon gar nicht von einem aufgeblasenen Geschäftsmann aus London. Denn auch wenn er sich mir nicht vorgestellt hatte, konnte ich das problemlos an seinem Gebaren, dem teuren Anzug und diesem Ding im Ohr erkennen, mit dem man telefonieren konnte.

Seine ganze Ausstrahlung störte die Ruhe in meinem Laden.

»Jory ist vor vielen Jahren nach London gezogen. Ich habe ihn schon sehr lange nicht mehr gesehen. Wenn Sie ihn finden wollen, dann sollten Sie also dorthin zurückfahren, woher Sie gekommen sind.«

Sarah und Emma legten mir ihre Hände auf die Schultern, wie um mir zu signalisieren, dass sie mir beistanden und ich mir von dem Kerl nichts sagen lassen sollte.

»Nun, ich bin mir ganz sicher, dass er sich hier aufhält. Ich habe sein Handy orten lassen, und dabei ist herausgekommen, dass er viele Stunden des Tages genau hier verbringt.«

Ungläubig sah ich ihn an. Sagte er wirklich die Wahrheit, oder bluffte er nur, um mehr von mir zu erfahren?

»Haben Sie ein Bild von ihm?«, fragte ich, einer Eingebung folgend, während meine Hände leicht zu zittern begannen.

Ein genervter Laut kroch zwischen den Lippen des Fremden hervor, während er sein Handy nahm, es entsperrte und anschließend wie gebannt darauf starrte.

»Ich würde gerne zahlen«, vermeldete ein Gast.

»Das übernehme ich.«

Noch ehe ich etwas sagen konnte, nahm Sarah sich meine Geldbörse samt Block und Stift und eilte auch schon zu dem Tisch, um abzukassieren.

Emma blieb bei mir und stärkte mir weiterhin den Rücken, ohne auch nur ansatzweise zu wissen, was hier vorging.

Von Jory hatte ich schon viele Jahre nicht mehr gesprochen. Er war gegangen und hatte mich vergessen.

Long story short. Nicht eine einzige Postkarte hatte er mir aus London geschickt oder mich gar angerufen. Ganz so, als wollte er alles, was Cornwall betraf, hinter sich lassen und noch mal ganz von Neuem beginnen.

Mein Blick schweifte zu Kermit hinüber, der mittlerweile wieder vom Ball heruntergeklettert war und oben auf der Leiter stand. Phil wäre glücklich. Nun konnte das heutige Spiel nur noch gut werden.

»Da ist eins. Ist zwar nicht das beste von ihm, aber auf die Schnelle finde ich kein anderes. Man sollte ihn darauf jedoch erkennen können.«

Sein rechtes Lid zuckte leicht, während er mir das Handy hinstreckte. Ich überwand die wenigen Meter, die uns voneinander trennten, und lief zu ihm an die Theke, um mir anzusehen, was er mir zu zeigen hatte.

Noch ehe ich ganz bei ihm angelangt war, wusste ich, wen er mir da auf seinem Handy präsentierte.

»Und das ist wirklich Jory?«, vergewisserte ich mich.

Er nickte.

»Das ist Jory. Mein Geschäftspartner. Und wenn er nicht gleich seinen Arsch hochkriegt und mit mir nach London fährt, kann er was erleben. Also? Wo steckt der Kerl? Ich kann nicht länger warten. Ich habe schon viel zu viel Zeit darauf verwendet, ihm hierher aufs Land zu folgen.«

Bei den letzten Worten verzog er abfällig die Miene. Als wäre Cornwall die hinterste Provinz Englands, die er nur sehr widerwillig bereiste. Ich konnte nicht behaupten, dass ihn mir diese Tatsache besonders sympathisch machte. Eher das Gegenteil war der Fall.

Noch ehe ich ihm bestätigen konnte, dass mir der Mann, den er mir soeben auf seinem Handy gezeigt hatte, bekannt vorkam, meldete sich George zu Wort.

»Richard? Was machst du denn hier?«

Wie vom Donner gerührt, blickte er zwischen mir und seinem Kompagnon hin und her. Alle Farbe war ihm wie auf ein unsichtbares Kommando hin aus dem Gesicht gewichen. Bleich wie die Wand in seinem Rücken stand er vor mir.

War es das, was er mir gestern Abend hatte sagen wollen, als ich ihn nicht ausreden ließ und glaubte, es wäre besser, ihn erst mal zu verführen und dann weiterzusehen? Was hatte ich mir nur dabei gedacht? Schließlich hatte ich doch bereits geahnt, dass da etwas ganz und gar im Argen lag. Nur wahrhaben wollte ich es eben nicht.

Diese Augen … Ich hätte es wissen müssen. Vielleicht hatte ich es auch längst gewusst und wollte es lediglich nicht glauben. Weil ich nie erwartet hätte, dass Jory zurückkommt. Weil ich nicht verstand, warum er sich mir gegenüber als George vorgestellt hatte. Weil ich das Bild, das ich von ihm hatte, nicht verlieren wollte. Jory sollte so bleiben, wie ich ihn in meinem Herzen bewahrte.

Wieder blickte ich hinüber zu Kermit.

»Es stimmt also.« Richard weckte mich aus meinen Gedanken.

Wie ein Film lief nun das Folgende vor meinen Augen ab. George – oder sollte ich besser Jory sagen? – ging mit Richard nach draußen in den Garten. Unter einer der Palmen standen sie eng beieinander und diskutierten, wedelten dabei mit ihren Armen und schienen sich uneins zu sein.

Jory blickte immer wieder zu mir in den Tea Room.

»Was ist passiert?«, fragte Sarah, die kurzerhand den Service übernommen hatte, während Emma mir beigestanden hatte.

In kurzen Sätzen setzte Emma sie in Kenntnis über das, was soeben vorgefallen war.

»Das ist Jory? Der Junge, der dir Kermit geschenkt hat? Bist du ganz sicher? Menschen verändern sich. Du hast ihn das letzte Mal vor fast zwanzig Jahren gesehen.«

»Menschen verändern sich. Das stimmt. Aber nicht die Augen. Jorys Augen habe ich gleich erkannt. Ich hatte es nur nicht wahrhaben wollen.«

»Aber warum hat er dir denn nicht gesagt, wer er ist?«, fragte Emma mit Sorgenfalte auf der Stirn.

Ich zuckte mit den Achseln.

»Vielleicht hatte er Angst. Wir haben uns so viele Jahre nicht gehört oder gesehen. Trotz allem kann ich nicht fassen, dass er diese Lüge aufrecht gehalten hat. Ich meine, wir haben die letzte Nacht … Und warum hat er vorgegeben, einen Job zu suchen? Was wollte er von mir? Oder war das am Ende alles nur ein böses Spiel? Eine Wette?«

Sarah und Emma sahen mich bedauernd an. Ihr Mitleid war kaum zu ertragen. Auch oder gerade weil sie es nur gut mit mir meinten.

In meinem Kopf herrschte eine plötzliche Leere. Ich wusste nicht mehr, was ich glauben oder nicht glauben sollte. Das alles war zu viel für mich. Gerade noch hatte ich das Gefühl gehabt, alles würde gut werden und ich hätte endlich den Mann fürs Leben gefunden. Und schon im nächsten Moment wurde mir einfach der Boden unter den Füßen weggezogen, und ich fiel.

Wie hatte ich Jory nur vertrauen können? Wie hatte ich ihm nur mein Herz öffnen und ihn hineinlassen können? Der Schmerz, wenn er seine Sachen packen und zurück nach London fahren würde, war nicht auszuhalten. Aber so würde es kommen. Jory würde mich wieder verlassen. So wie damals, als seine Familie nach London zog. Heute zwangen ihn berufliche Gründe, in die Hauptstadt zurückzukehren. Und was dann?

»Das lässt sich alles bestimmt klären.«

Emma legte ihre Hand auf meinen Rücken und versuchte mir Mut zu machen.

Doch sosehr ich mich auch bemühte, es wollte sich schlichtweg keine positive Haltung bei mir einstellen. Dafür waren die Ereignisse noch zu frisch. Und ich hatte nicht mit Jory gesprochen. Wollte ich das überhaupt?

Schließlich hatte er mich, ohne mit der Wimper zu zucken, angelogen. Er hatte sich mir als George vorgestellt und sein Spiel bis zum Ende durchgezogen. Hatte er denn so wenig Vertrauen zu mir? Warum hatte er nicht gleich gesagt, wer er war?

»Er kommt«, flüsterte mir Sarah zu.

Sie ging abermals mit Geldbörse, Zettel und Stift bewaffnet zu den Tischen, nahm Bestellungen auf und kassierte ab. Emma half mir dabei, die Schürze abzumachen, band sie sich selbst um und hielt an der Theke Stellung, während ich in Jorys Richtung aufbrach.

Mein Herz schlug so wild gegen meinen Rippenbogen, dass es mir Schmerzen bereitete. Ein plötzliches Rauschen in meinen Ohren setzte ein, während ich das Gefühl hatte, wie auf Eierschalen zu laufen.

»Können wir kurz ungestört irgendwo reden?«, bat Jory.

Ich deutete hinüber auf eine Bank, die unmittelbar vor St. Ia's Church im Schatten einer tropischen Palme stand. Das Sprechen fiel mir schwer.

Als wir dort ankamen, setzten wir uns mit reichlich Abstand zwischen uns hin. Meine Hände legte ich in den Schoß. Sie fühlten sich an, als hätte ich sie soeben in Eiswasser gebadet. So kalt waren sie.

»Ailla, ich muss dir das erklären … Ich weiß, dass ich einen riesigen Fehler gemacht habe, aber irgendwie … Es war nicht einfach, zurückzukommen und zu sagen: Hier bin ich. Als ich plötzlich vor dir stand, habe ich den Moment verpasst, dir zu erklären, was wirklich los war. Verstehst du? Ich bin so ein Idiot. Es tut mir so leid. Ich weiß nicht … Du sagst ja gar nichts.«

Jorys Worte drangen wie aus weiter Ferne an mein Ohr. Es fiel mir nicht leicht, ihnen zu folgen. Das dröhnende Warum in meinem Kopf machte es mir schwer, mich zu konzentrieren.

»Ich kann nicht glauben, dass du dich mir als George vorgestellt und hier bei mir gearbeitet hast, ohne auch nur ein einziges Mal daran zu denken, mir die Wahrheit zu sagen.«

So. Nun hatte ich ausgesprochen, was mir auf dem Herzen lag. Doch das schien Jory auch nicht zu gefallen. Sein Mund war leicht geöffnet, seine Stirn lag in tiefen Falten vor mir. Die goldenen Sprenkel in seinen Augen leuchteten nicht mehr.

Jory lehnte sich nach vorn und stützte sich mit seinen Ellbogen auf seinen Oberschenkeln ab. Er blickte aufs Meer hinaus. Von hier aus hatte man einen wunderbaren Blick auf die See. Das Rauschen der Wellen war bis zu uns oberhalb der Promenade zu hören. Einzelne Boote lagen im Hafen. Der Fischfang des Tages war erledigt. Die übrigen bunten Schiffe gehörten Touristen oder Einheimischen, die mehr mit dem Vermieten ihrer Boote verdienten als mit dem Fischfang.

»Ich muss zurück nach London. Richard braucht mich in der Agentur. Ich muss dort ein paar Dinge klären und Aufträge abschließen. Es geht nicht anders. Aber ...«

»Ja?«, hakte ich nach, als Jory nicht weitersprach.

»Ich würde gerne wiederkommen.«

Er ließ offen, ob er nach Cornwall oder zu mir zurückkommen wollte. Die Sehnsucht in seinen Augen sprach Bände davon, wie sehr er sich wünschte, dass ich ihn mit offenen Armen empfangen würde, sobald er hier einträfe.

Aber so einfach war das nicht. Er hatte mich an der Nase herumgeführt, sich mir gegenüber als vollkommen anderer Mensch präsentiert und mich über alles und jeden in seinem Leben im Dunkeln gelassen. Er hatte mein Vertrauen missbraucht, mit mir geschlafen und mich glauben lassen, alles wäre so, wie es sein sollte. Dabei war alles nur eine Lüge gewesen. Nichts als eine Lüge. Eine dicke fette Lüge, ähnlich wie eine Maus in einem Feinkostladen, die jeden Tag ein bisschen dicker wurde und doch nicht aufhören konnte, den verbotenen Käse zu essen.

»Ich denke, es ist jetzt besser, wenn du gehst. Richard wartet. Und er macht nicht den Anschein, als würde er das gerne tun.«

Das Zittern in meiner Stimme war kaum zu überhören.

»Richard ist einer von den Guten, auch wenn er nicht unbedingt so aussieht. Er handelt nur zum Wohle unserer Agentur und der Mitarbeiter.«

Jory nahm seinen Freund in Schutz. Das war sein gutes Recht.

»Mach es gut, Jory.«

Mit diesen Worten erhob ich mich von der Bank und machte mich auf den Weg zurück in den *Heavensplace.*

Nie zuvor in meinem Leben hatte ich mir mehr gewünscht, an einem himmlischen Ort einkehren und meine Seele heilen lassen zu können.

Kapitel 18

Jory

Zurück in meiner Wohnung in London fühlte ich mich so deplatziert wie ein Pinguin in der Wüste.

Dabei war alles wie immer: In der Küche stand die Müslipackung neben der Mikrowelle bereit, meine Fernbedienung hatte auf der Couchlehne auf mich gewartet. Ja, sogar das Buch, das ich vor Monaten zu lesen begonnen und fast schon vergessen hatte, lag neben meinem Bett auf dem Nachttisch und wartete geduldig.

Alles war wie immer. Nur ich war nicht der, der ich noch vor wenigen Tagen gewesen war.

Müde stellte ich meine Reisetasche im Schlafzimmer neben den Schrank. Die Fahrt war anstrengend gewesen. Es hatte zwei lange Staus im Großraum London gegeben. Leider keine Seltenheit. Dabei schien der Speckgürtel um die Stadt sich jedes Jahr ein wenig weiter auszudehnen.

Mein Blick fiel auf meinen Anrufbeantworter. Er leuchtete. Fünf neue Nachrichten. Alle von Richard. Sonst hatte mich offenbar niemand vermisst.

Im Gegensatz zu vor meinem Aufenthalt in Cornwall hatte mich der Aufstieg durchs Treppenhaus nicht so angestrengt. Ganz im Gegenteil. Ich fühlte mich fit. Bis auf die Tatsache, dass sich die abermalige Beklemmung in der Herzgegend einstellte. Aber die hatte eine andere Ursache. Da war ich mir ganz sicher.

Zu Abend hatte ich bereits in einem Pub auf der Strecke gegessen. Der Bohneneintopf mit Speck lag mir schwer im Magen. Allerdings nicht so schwer wie die Tatsache, Ailla auf ganzer Linie enttäuscht zu haben.

Als ich mein Handy aus der Hosentasche zog, hoffte ich inständig darauf, sie hätte sich bei mir gemeldet. Und das, obwohl ich es doch besser wissen müsste.

Ailla würde sich nicht bei mir melden. Darauf brauchte ich nicht zu hoffen. Und wenn ich nicht wollte, dass diese vermaledeite Geschichte uns ein Leben lang trennte, dann musste ich ihr jetzt die Zeit geben, die sie benötigte, um alles, was vorgefallen war, zu verarbeiten. Ob ich wollte oder nicht.

Unruhig setzte ich mich zunächst auf die Couch. Als ich mich dort nicht wohlfühlte, ging ich in die Küche, holte mir ein Bier aus dem Kühlschrank und lehnte mich an die Küchenfront.

Prüfend ging mein Blick über die Schränke und Schubladen. Wann hatte ich hier bloß das letzte Mal gekocht? Das musste eine Ewigkeit her sein. Ich konnte mich nicht mal mehr daran erinnern. Vermutlich hatte ich das letzte Mal mit Clara hier gestanden. Ja, so musste es gewesen sein.

Auch in dieser Beziehung hatte ich auf ganzer Linie versagt. Anstatt mich im Leben auf das zu konzentrieren, was wirklich wichtig war, hatte ich mich in die Arbeit geflüchtet und mich am Ende gewundert, dass ich allein dastand.

Bei Ailla war ich so versessen darauf gewesen, alles richtig zu machen, dass ich von einem Fettnäpfchen ins nächste getreten war. Warum hatte ich nur so lange gezögert, ihr die Wahrheit zu sagen? Und warum hatte ich nicht damit gerechnet, dass Richard irgendwann auftauchen und mich zurück nach London schleifen würde? Ich kannte ihn und wusste, dass man ihn nicht über Gebühr reizen durfte. Warum also?

Vielleicht lag es daran, dass ich mich verrannt hatte und nicht mehr wusste, wie ich Ailla nach unserer gemeinsamen Nacht offenbaren sollte, wer ich wirklich war. Insgeheim hatte ich mir womöglich sogar gewünscht, dass ein anderer diesen Job für mich über-

nahm. Nicht unbedingt unmittelbar nach unserer Lie-
besnacht. Aber letztlich hatte Richard für klare Verhältnisse gesorgt. Und dafür, dass Ailla mich kaum
noch eines Blickes gewürdigt hatte.

Würde sie je wieder ein Wort mit mir wechseln? Und
wenn ja, wie lange würde das dauern? Zehn Tage, zehn
Monate oder doch eher zehn Jahre? Ich hatte jedes
Gefühl für Zeit und Raum verloren. Alles, was ich in
den letzten Tagen erlebt hatte, war Geborgenheit, Ver-
trautheit und Heimat gewesen. Drei der wichtigsten
Zutaten für ein glückliches und erfülltes Leben.

Und anstatt diese Zutaten wertzuschätzen und alles
dafür zu tun, dass sie mir erhalten blieben, hatte ich sie
aufs Spiel gesetzt und letztlich den Kürzeren gezogen.

Ich nahm einen Schluck aus meiner Flasche. Es
schmeckte mir nicht. Resigniert platzierte ich sie auf
die Anrichte und verzog mich ins Bad, stellte mich
unter die kalte Dusche und ging dann ins Bett.

Aus meinem Fenster konnte man am Tag auf den
Hyde Park blicken. In den vergangenen Jahren hatte
ich die Aussicht nicht besonders zu schätzen gewusst.
Und heute wünschte ich mir viel lieber das Meer vor
meine Haustür. Das Meer, die Möwen, den Strand, das
einfache Leben Cornwalls und ganz besonders Ailla.

Ich war so ein Idiot. Wieso hatte ich nicht von Anfang an mit offenen Karten spielen können?

Ich kannte die Antwort auf diese Frage. Schließlich hatte ich mich bewusst dafür entschieden, Ailla meine wahre Identität vorzuenthalten. Ich hatte mich geschämt, in der Vergangenheit nicht immer die richtigen Entscheidungen getroffen zu haben.

Aber hatte ich jetzt denn die richtige Entscheidung getroffen? Hätte ich nicht in St. Ives bei Ailla bleiben sollen, um für das, was ich für sie empfand, zu kämpfen? Vermutlich dachte sie das Schlimmste von mir. Zu Recht. Dabei hatte ich doch einfach nur Zeit gebraucht, um sie wieder kennenzulernen. Hätte sie mir die gegeben, wenn sie gewusst hätte, wer ich war?

Meine Gedanken kreisten, während ich versuchte, Schlaf zu finden. Die Autos auf der Straße hupten, fuhren viel zu schnell und bremsten mit quietschenden Reifen ab. Noch vor wenigen Tagen hatte mir der Lärm nichts ausgemacht. Heute befürchtete ich, er würde mich um den Schlaf bringen. Wie sehr ein paar wenige Tage das Leben und die Gewohnheiten doch verändern konnten? Vor allem dann, wenn die Liebe im Spiel war …

Kapitel 19

Ailla

Seit vier Tagen war Jory jetzt weg. Vier Tage, in denen er sich nicht bei mir gemeldet hatte. Vier Tage, in denen mich alles an ihn zu erinnern schien. Und ich keinen klaren Gedanken fassen konnte.

Vier Tage, in denen mich Emma und Sarah nicht allein gelassen hatten. Sobald ich das *Heavensplace* geschlossen hatte, gingen sie mit mir zum Fußballspiel – das unsere Mannschaft übriges haushoch verlor –, schleppten mich in Restaurants und Pubs oder verbrachten meine Freizeit bei mir zu Hause oder mit mir in ihren Wohnungen.

»Wenn du das Glas weiterpolierst, ist es so dünn, dass du nur noch Scherben in der Hand hast.«

Liz kam mit erstaunlich guter Laune in meinen Tea Room geflattert.

»Hast du den Apple Pie da, den dein Dad macht? Oder den Pistazienkuchen? Der wäre mir fast ein wenig lieber. Oder warte ... Wie hieß der Kuchen noch gleich ... Ricotta Peach Cake. Das war er. Ist davon noch was übrig?«

Liz setzte sich auf einen der Barhocker, an dem für gewöhnlich nur schnell ein Kaffee getrunken wurde, und beugte sich weit über die Theke, um von hinten auf die gläserne Vitrine mit den Kuchen darin schauen zu können.

»Die habe ich heute leider alle drei nicht im Angebot. Ich kann dir einen klassischen Scone, einen mit Walnüssen, Rosinen oder Schokolade, eine Lemon Tarte, einen Lavendel Cake, einen English Fruit Cake oder einen Battenberg-Kuchen anbieten. Ist da etwas dabei, womit ich dir eine Freude machen könnte?«

Ohne dass Liz mich danach gefragt hatte, stellte ich ihr einen Espresso hin.

»O Schätzchen, der kommt mir gerade recht. Ich war die halbe Nacht mal wieder auf den Beinen. Aber jetzt habe ich endlich Gewissheit. Und was deine Kuchen anbelangt, ich nehme ein Stück English Fruit Cake. Den hatte ich schon lange nicht mehr. Und zur Feier des Tages scheint er mir genau das Richtige zu sein.«

Noch ehe ich nachfragen konnte, was denn passiert war, klingelte das Telefon.

»Ja? *Heavensplace* in St. Ives. Hier spricht Ailla. Was kann ich für Sie tun?«

»Ailla, ich bin es.«

Als ich Jorys Stimme am Telefon vernahm, wurde mir abwechselnd heiß und kalt. Vier Tage, in denen ich diesen Moment herbeigesehnt und gleichzeitig gefürchtet hatte. Jetzt war er eingetroffen.

»Jory«, rief ich und lehnte mich dabei so gegen die Theke, dass ich abgewandt vom Tea Room stand und mich abstützen konnte, sollten mir jeden Augenblick die Beine versagen.

»Kannst du kurz sprechen?«

Er klang besorgt und verunsichert.

Gut so, rief die gekränkte Seite von mir.

Der anderen tat er leid.

Aber grundsätzlich war ich noch immer enttäuscht von ihm und seiner Unehrlichkeit.

»Nur kurz. Ich bin allein.«

Nach wie vor war es mir nicht gelungen, mich um Verstärkung für meinen *Heavensplace* zu kümmern. Zu frisch waren die Wunden. Es war ein Wunder, dass ich mich jeden Morgen aus dem Bett schälen konnte.

So antriebslos und verloren hatte ich mich zuletzt gefühlt, als auch mein Ex-Freund meinte, er müsse zurück in die Großstadt. Damit waren meine schlimmsten Befürchtungen wahr geworden. Von heut auf morgen hatte meine Welt stillgestanden.

Es hatte eine ganze Weile gedauert, bis ich mich wieder gefangen hatte. Mein Herz war schwer gewesen, und heute fühlte es sich nicht anders an. Vielleicht sogar noch eine Spur schlimmer. Dabei hatte ich mir doch vorgenommen, mich nicht mehr zu verlieben. Dieser Vorsatz war mir mitnichten geglückt. So schlimm wie jetzt mit Jory war es nie zuvor gewesen.

»Das tut mir leid. Ich wollte nicht für all diese Probleme sorgen, als ich in deinen Tea Room kam und du glaubtest, ich wäre die neue Aushilfe. Alles, was ich wollte, war, Zeit mit dir zu verbringen, Ailla, um dich wieder besser kennenzulernen. Wenn ich mich dir als Jory vorgestellt hätte und dir gesagt hätte, wer ich wirklich bin, hättest du mich dann mit offenen Armen empfangen oder mir womöglich die Tür vor der Nase zugeschlagen?«

»Das tut jetzt nichts mehr zur Sache, Jory. Außerdem geht es schon lange nicht mehr darum, dass du vorgegeben hast, ein anderer zu sein. Du hattest so viele Möglichkeiten, mir die Wahrheit zu sagen.«

Allein beim Gedanken an das Getränk bekam ich Kopfschmerzen.

»Und ich bereue jede der verstrichenen Gelegenheiten, die ich nicht beim Schopf gepackt habe. Glaub mir das bitte. Ich hasse mich selbst dafür.«

Jorys Stimme bebte vor Erregung. Schon im nächsten Moment schien sie sich fast zu überschlagen. Dann war Ruhe in der Leitung. Wir beide schwiegen uns an.

»Ich muss leider weitermachen«, log ich, obwohl mich gerade niemand drängte, eine Bestellung aufzunehmen, abzukassieren oder die heutige Kuchenauswahl herunterzurattern.

Einzig und allein die Tränen in meinen Augen hinderten mich daran, mich weiter mit einem Mann zu unterhalten, der mir das Herz gebrochen hatte.

»Ich verstehe. Ich melde mich wieder. Dann können wir vielleicht in aller Ruhe miteinander reden. Es ist so viel schiefgelaufen, wofür ich die volle Verantwortung übernehme.«

Was war schiefgelaufen? Meinte er damit die Tatsache, dass wir miteinander geschlafen hatten? Bereute er diesen Umstand mittlerweile? Mit keiner Silbe deutete er an, ob er sich eine Zukunft mit mir vorstellen konnte.

Jedes Mal, wenn er sich erklärte, hatte es den Anschein, er wollte sich für seinen Fehler entschuldigen und damit die Sache ein für alle Mal aus dem Weg schaffen. Kein Wort darüber, was er für mich empfand. Kein Wort darüber, wie es weitergehen sollte. Kein Wort darüber, ob er je zurückkehren würde.

Als das Gespräch beendet war, stellte ich das Telefon zurück in die Station und schaute hinüber zu Kermit. Der Gute saß diesmal am Boden seines Terrariums. Ich würde ihn später noch füttern müssen. Das durfte ich nicht vergessen.

»Ailla? Ist alles okay bei dir? Du siehst aus, als hättest du einen Geist gesehen«, meinte Liz mit besorgter Stimme.

»Eher gehört. Aber das tut nichts zur Sache. War das eine Lemon Tarte bei dir?«

Sosehr ich mich bemühte, mir in Gedanken zu rufen, welchen Kuchen Liz ausgewählt hatte, es wollte mir schlichtweg nicht gelingen.

»Ailla, so fahrig habe ich dich ja noch nie erlebt. Soll ich dir irgendwie helfen? Benötigst du Unterstützung in deinem Tea Room? Du weißt ja, dass ich nicht mehr ganz so fit bin. Teller und Tassen könnten zu Bruch gehen. Aber ich würde trotzdem mein Bestes versuchen. Jetzt, da die Sache mit dem Mülltonnenwühler geklärt ist, hab ich auch mehr Zeit. Und es war der

English Fruit Cake, den ich mir ausgesucht hatte«, ergänzte sie noch.

Mit ihrem schweren schwarzen Mantel setzte sie sich zurück auf ihren Barhocker und sah mich mit besorgter Miene an.

Ich reichte ihr den Kuchen und erzählte ihr, was in der Zwischenzeit, in der sie einem Mülltonnenwühler aufgelauert hatte, alles vorgefallen war.

»Jory? Aber ich wusste natürlich, dass er wieder da ist. Er hat doch im alten Cottage seiner Granny gewohnt. Wir haben uns zu ihren Lebzeiten die Zeitung geteilt. Deshalb habe ich ihn auch angesprochen, als ich ihn im Garten gesehen habe, und gefragt, wie wir das weiterhin handhaben wollen. Er ist ein guter Junge. Hat mir die Zeitung überlassen, musst du wissen.«

Schon im nächsten Augenblick nahm Liz ihre Gabel und stach in den Kuchen.

Kurzfristig haderte ich mit mir, ob ich Liz für ihre Äußerung lieben oder hassen sollte. Es mochte sein, dass Jory einer von den Guten war. Ganz besonders, wenn er Liz die Tageszeitung bezahlte, die sie so liebte, um auf den Lokalseiten auf die Suche nach neuen Detektivfällen zu gehen, die sie lösen konnte. Allerdings hieß das noch lange nicht, dass er in meinem Fall richtig gehandelt hatte. Er hätte mit mir reden müssen, bevor Richard gekommen war, um ihn zu suchen. Bevor wir eine der schönsten Nächte miteinander verbracht hatten, an die ich mich erinnern konnte.

Wenn ich meine Augen schloss, konnte ich noch immer spüren, wie seine Finger auf meiner Haut auf Wanderschaft gegangen waren.

Seit Jory abgereist war, schlief ich viel schlechter. Ich träumte immer wieder denselben Traum und lag am nächsten Morgen weinend im Bett, wenn ich mir der Tatsache bewusst geworden war, dass ich wieder allein war.

»Das mit der Liebe ist so eine Sache«, hob Liz an und sah mir dabei direkt in die Augen.

»Von den Männern, mit denen ich in meinem Leben zusammen war, haben mich die einen betrogen, die anderen für eine andere Frau verlassen und wieder andere verloren einfach irgendwann das Interesse an mir und gingen ihrer Wege. Oft hat es mir das Herz gebrochen, und ich habe mir geschworen, dass ich mein Herz nie wieder jemandem schenken würde. Um mich zu schützen, wie du dir sicher vorstellen kannst. Aber wenn ich nur eine Sache in meinem Leben ändern könnte, dann wäre es das. Denn was ist ein Leben ohne die Liebe? Wir brauchen sie wie die Luft zum Atmen. Es gehört zu unserer DNA, dass wir uns verlieben. Wir können gar nicht anders.«

Ich wusste, dass Liz recht hatte. Ich wusste es einfach. Dennoch gelang es mir nicht, das ihr und mir gegenüber einzugestehen. Liebe war vielleicht ein Teil von mir, ohne den ich nicht leben konnte. Was aber, wenn die Liebe zu schmerzvoll war, dass ich nicht mit ihr leben konnte?

Und was war mit Vertrauen? Vertrauen war die Basis einer jeden Beziehung. Ohne Vertrauen brauchte man doch gar nicht erst anzufangen, etwas aufzubauen. Ohne Fundament stand kein Haus. Ohne Vertrauen schaffte es keine Beziehung.

»Wie hat es sich denn jetzt in Sachen der Mülltonnen verhalten? Wie bist du dem Täter auf die Spur gekommen? Hast du ihn bereits dingfest machen können?«, wechselte ich unvermittelt das Thema, als ich nicht länger über mich und die Liebe reden wollte.

Dankenswerterweise ging Liz darauf ein.

»Ach, das war eine Geschichte, sag ich dir … Damit hätte ich nie gerechnet«, befeuerte sie weiter die Spannung und schwieg dann, indem sie sich noch einen Bissen des Kuchens in den Mund stopfte.

»Was ist denn passiert? Erzähl doch endlich!«, forderte ich sie auf.

Das gefiel ihr so gut, dass sich ein Lächeln auf ihre Lippen stahl.

»Als keiner mehr damit rechnete, dass ich in dieser Affäre noch einen Treffer landen würde, hatte ich mir eine Thermoskanne gefüllt mit dem stärksten Kaffee, den ich je gekocht habe, gemacht und mich auf die Lauer gelegt. Eine komplette Nacht lang. Ich trank von dem Kaffee und war hellwach. Ich bin es noch immer. Dabei bin ich bereits rund vierundzwanzig Stunden auf den Beinen. Ja, das müsste ganz gut hinkommen.«

An den Fingern zählte sie die Stunden nach, ehe sie zu ihrem Ergebnis kam.

»Du bist seit vierundzwanzig Stunden auf den Beinen?« Ich war schockiert.

Das war für eine Frau in Liz' Alter sicher nicht gut. Sie brauchte doch ihren Schlaf. Und ein warmes Bett. Die Vorstellung, dass sie die ganze Nacht draußen verbracht hatte, behagte mir nicht.

»Ja, ziemlich genau«, stellte sie voller Stolz fest.

Ihr entging der besorgte Ausdruck auf meinem Gesicht.

»Na ja, auf jeden Fall habe ich mich heute Nacht auf die Lauer gelegt. Es war echt ein hartes Stück Arbeit, aber am Ende wurde ich belohnt. Auch wenn mir der Täter doch noch durch die Lappen gegangen ist. Aber die Pubs und Cafés unten an der Promenade wissen jetzt Bescheid.«

Ein zufriedenes Lächeln stahl sich auf ihre Lippen. Liz verströmte eine gewisse Ruhe, die ihr die vergangenen Wochen abhandengekommen war. Da war sie wie getrieben von der fixen Idee gewesen, einen Verbrecher zu stellen. So wie sie es aus ihren Miss-Marple-Romanen kannte und liebte.

»Aber wer war es denn nun? Du machst mich ganz neugierig«, jammerte ich, als Liz noch immer nicht mit der Sprache herausrückte.

»Tja, anfangs konnte ich es selbst nicht glauben. Du musst wissen, dass ich von einem anderen Übeltäter ausging. Und als dann auch noch der ganze Unrat in seinem Garten herumlag … Alles sprach dafür, aber als ich es mit eigenen Augen gesehen habe, musste ich meine Theorie revidieren. Das kommt bei uns Detektiven nicht selten vor und gehört zum täglichen Geschäft dazu. Manchmal ist es echt ein harter Job, aber wenn man einen Fall dann aufklärt, kann man sich keinen schöneren wünschen, sag ich dir. Hast du noch einen Espresso für mich?«

»Ich denke, es ist besser, wenn du auf Wasser umsteigst«, schlug ich im Hinblick auf den Espresso, den ich ihr bereits zubereitet und serviert hatte, und die Thermoskanne, von deren Inhalt sie mir soeben berichtet hatte, vor.

»Spielverderberin«, jammerte Liz und zog eine Schnute.

Auch wenn ich nicht genau wusste, wie alt sie war, wirkte sie oft wie ein kleines Kind, das sich unfair behandelt fühlte. Dabei hätte sie ganz genau wissen müssen, dass zu viel Kaffee ihr nicht guttat. Erst vor einigen Monaten hatte ihr unser Hausarzt Dr. Hampton eröffnet, dass sie besser auf ihr Herz achtgeben musste.

Wenn sie es nicht tat, mussten wir das eben für sie übernehmen. St. Ives wäre ohne Liz nicht mehr das, was es war. Für viele von uns. Also kümmerten wir uns um sie, so gut es ging, damit sie uns ganz lange erhalten blieb.

»Du hast mir immer noch nicht verraten, wer für das Müllchaos verantwortlich war. Zeitweise hast du also geglaubt, es wäre Phil, richtig?«, wechselte ich das Thema.

»Das wüsstest du wohl gerne.«

Liz verschränkte die Arme vor der Brust und grinste dabei. Sie wirkte, als hätte sie nun einen Trumpf gegen mich in der Hand. Aber ich würde mich nicht erweichen lassen, sondern stattdessen Sarah fragen. Sie wusste sicher bereits Bescheid. Schließlich lag ihr Café direkt unten an der Promenade.

»Ich werde es so oder so erfahren«, erwiderte ich mit ruhiger Stimme und zuckte dabei mit den Schultern.

Das wiederum wollte Liz allerdings nicht. Sie liebte es nämlich, über ihre Detektivgeschichten zu erzählen. Für gewöhnlich waren diese nicht von Erfolg gekrönt. Also würde es ihr umso wichtiger sein, mir selbst zu berichten, was vorgefallen war.

Sie machte eine abwinkende Handbewegung.

»Die waren doch alle nicht dabei. Nein, es wird besser sein, wenn ich dir sage, was vorgefallen ist.«

»Ich bin ganz Ohr.«

Liz nahm einen widerwilligen Schluck aus ihrem Wasserglas. Dennoch verlangte sie nicht mehr nach einem Kaffee. Ein Teilerfolg, wenn man so wollte.

»Ich bin dem Täter ja schon seit einigen Wochen auf der Spur. Und nach und nach ergab sich ein Muster. So konnte ich feststellen, dass der Radius, in dem Mülltonnen durchwühlt wurden, immer weiter ausgedehnt wurde. Die Daten habe ich mir in einer Karte notiert. Und anhand dieser Karte habe ich dann eine unschlagbare Strategie entwickelt.«

Liz lächelte stolz und nahm dabei einen Bissen von ihrem English Fruit Cake.

Sie würde mich also noch länger zappeln lassen. Aber nach all den anstrengenden Wochen, in denen sie bei Wind und Wetter draußen ausgeharrt hatte, wollte ich ihr den kleinen Triumph über mich gönnen.

»Wie sah die denn aus?«

Wenn überhaupt möglich, strahlte ihr Gesicht bei meiner Frage noch eine Spur freudiger. Ihre wässrigen blauen Augen leuchteten regelrecht.

»Ich bin die Route so abgelaufen, wie ich sie mir notiert hatte. Und da plötzlich stand er vor mir.«

»Der Verbrecher?«

Besorgt blickte ich sie an.

Liz nickte.

»So ist es. Ganz schön possierlich war der.«

Ich hätte ja mit allem gerechnet. Aber dass ein Verbrecher als possierlich betitelt wurde, war mir bisher auch noch nicht untergekommen. Das war neu.

»Possierlich?«

»Ja, ich habe die ja noch nie wirklich gesehen. Man hört immer wieder davon, aber zum Glück bin ich bisher verschont geblieben. Nicht auszudenken, wenn die sich bei mir im Haus einnisten würden. Vom Dachboden würde ich sie vermutlich nie wieder wegbekommen. Außerdem reagieren die ja überhaupt nicht verängstigt auf uns Menschen. Außer man macht laute Musik an. Aber ich habe das Gefühl, dass sie sich nach und nach auch daran gewöhnen.«

Ich verstand nur Bahnhof. Und von Verbrechergruppen, die so dreist waren, sich auf dem Dachboden einzunisten, hatte ich bislang auch noch nichts gehört. Aber die Tatsache, dass es sie gab, beunruhigte mich zusehends.

»Laute Musik? Dachboden? Ich kann dir, glaube ich, nicht ganz folgen.«

Liz lachte.

»Ist ja auch nicht weiter verwunderlich. Ich hätte auch nie erwartet, dass Waschbären für das Mülldebakel von St. Ives verantwortlich sind.«

»Waschbären?«, fragte ich ungläubig.

Liz nickte.

»Die sehen zwar echt süß aus, aber man sollte sich vor ihnen in Acht nehmen. Wenn man die im Haus hat, kriegt man sie nur schwer wieder weg. Meine Freundin Agatha hatte mal eine ganze Familie unter ihrem Dach. Da war was los, sag ich dir. Am Ende wollte sie schon fast ausziehen, weil ihr das alles zu viel wurde. Aber dann hat sie sich Hilfe von einem Kammerjäger geholt. Der wusste, was zu tun war. Und dann war Ruhe.«

»Du meinst also, Waschbären würden allabendlich über die Promenade schlendern und sich durch den Müll wühlen?«, hakte ich noch mal nach.

Liz schüttelte den Kopf.

»Nein, ich meine es nicht nur, sondern ich weiß es auch. Schließlich bin ich einem begegnet. Der hat sich übrigens nicht mal von der Stelle bewegt, als ich ihm gegenüberstand. Hat ihn nicht die Bohne gejuckt. Robuste Tiere sind das. Erst als ich mein Handy genommen und laute Musik abgespielt habe, ist er auf und davon. Mein Glück, dass ich vor Kurzem erst diese neue Playlist heruntergeladen habe. ›Musik für Detektive‹ heißt sie. Toller Mix. Wo war ich stehen geblieben? Ach ja, der Waschbär. Da ich nicht wusste, ob das Tier tollwütig ist oder mich doch noch angreifen würde, entschied ich mich, es vorerst in die Flucht zu schlagen. Nun muss man natürlich besprechen, wie es weitergeht. Aber ein Anfang ist gemacht.«

Damit erhob sie sich von ihrem Barhocker.

»Ich muss jetzt nach Hause. Plötzlich bin ich schrecklich müde und kann mich kaum noch auf den Beinen halten.«

»Bis bald, liebe Liz«, verabschiedete ich sie.

»Ach, und, Ailla?«

Fragend sah ich sie an.

»Lass den Kopf nicht hängen. Alles wird gut. Wirst sehen.«

Dann zwinkerte sie mir vielsagend zu und verließ den *Heavensplace.*

Kapitel 20

Jory

»Richard, ich werde meine Anteile an der Agentur verkaufen.«

Richard war am heutigen Morgen erst mal zum Golfen verschwunden, nachdem er wusste, dass ich hier sein und die Stellung halten würde. Gerade war er wieder aufgetaucht und stellte seine Sporttasche ab.

»Du willst bitte was?«

Richard machte große Augen. Er stand vor meinem Schreibtisch und machte keine Anstalten, sich hinzusetzen.

»Du hast mich schon ganz richtig verstanden. Es ist an der Zeit, neue Wege zu gehen.«

Richards Wangen röteten sich. Sein Lid begann abermals zu zucken, so wie es immer der Fall war, wenn er sich aufregte. Die Furche auf seiner Stirn machte dem St.-Andreas-Fault Konkurrenz.

»Aber das geht doch nicht. Du kannst nicht einfach … Was wird denn dann aus der Agentur? Was wird aus mir?«

Es war verständlich, dass Richard sich vor allem um sich selbst Sorgen machte. Nichts anderes hatte ich erwartet.

»Das Beste wird sein, du suchst dir einen fähigen Kollegen, der dir zur Seite steht und dich unterstützt. Gute Leute sind natürlich schwer zu finden. Ich schlage vor, dass du dich zeitnah darum kümmerst. Ich werde leider schon übermorgen nicht mehr hier sein. Ich habe ein anderes wichtiges … Projekt, um das ich mich kümmern muss.«

»Geht es um diese Kleine in diesem verschlafenen Fischerdorf? Willst du wirklich alles aufs Spiel setzen, weil sie dir den Kopf verdreht hat? Du bist doch sonst nicht so. Und als Clara endlich von der Bildfläche verschwunden war, hast du einen viel glücklicheren, ja nahezu gelösten Eindruck auf mich gemacht.«

Irgendetwas an der Art und Weise, wie Richard über Clara sprach, machte mich stutzig.

»Wie meinst du das, *als Clara endlich von der Bildfläche verschwunden war?*«

Er räusperte sich verlegen.

»Das tut doch jetzt nichts zur Sache«, versuchte er sich aus der Affäre zu ziehen.

»Ich finde schon. Schließlich hast du gerade damit angefangen. Also?«

Richard nahm auf einem der beiden Stühle vor meinem Schreibtisch Platz.

»Es könnte sein, dass ich ihr das ein oder andere Mal begreiflich zu machen versucht habe, dass die Agentur wichtiger wäre als sie.«

Seine Worte schockten mich, auch wenn ich mir der Tatsache bewusst war, dass Clara und ich uns nicht nur wegen Richard getrennt hatten. Es hatte einige Punkte gegeben, in denen wir nicht harmonierten. Manchmal war sie mir zu besserwisserisch gewesen. Aber auch wenn ihre Moralpredigten mir oft den letzten Nerv geraubt hatten, musste ich zugeben, dass sie recht behalten hatte, was meinen ungesunden Lebenswandel betraf. Trotzdem war es letztlich die beste Entscheidung gewesen, getrennte Wege zu gehen. Dennoch war Richards Offenbarung wie ein Faustschlag in die Magengegend.

»Du hast bitte was?«

Richard warf wild gestikulierend seine Hände in die Höhe.

»Du musst das verstehen. Wir hatten damals so viel zu tun. Und Clara wollte ständig mit dir verreisen, einen Ausflug machen. Mitten in der Woche. Das hat nicht zu unserem Agenturleben gepasst.«

»Es hat *dir* nicht gepasst, Richard. Weil du weniger zum Golfen fahren konntest und dich mal selbst um alles kümmern musstest. Aber ich bin mir sicher, dass du dich ganz schnell an die neuen Herausforderungen gewöhnen wirst. So ein Sprung ins kalte Wasser ist manchmal das einzige Hilfsmittel, wenn es darum geht, sich den Gegebenheiten anzupassen. Das kriegst du hin«, sprach ich ihm Mut zu.

»Aber Jory, du kannst doch nicht …«

»Doch, ich kann. Und ich muss nicht verstehen, dass du dich damals so schamlos in meine Beziehung eingemischt hast. Das ist ein Vertrauensmissbrauch, Richard, den ich nicht hinnehmen kann. Nie im Leben würde es mir einfallen, in deine Ehe mit Gloria hineinzureden.«

Richards Wangen waren noch immer hochrot. Auch sein Auge zuckte. Und von seiner Stirn wollte ich gar nicht erst sprechen.

»Dann ist es also endgültig? Du gehst und lässt mich hier allein zurück?«

Richard klang jetzt richtig besorgt.

»Ja, meine Entscheidung steht fest. London tut mir nicht gut. Ich brauche das Meeresrauschen in meinen Ohren, eine frische Brise, die mir um die Nase weht, und den warmen Sand unter meinen Füßen.«

Richard gab einen abfälligen Laut von sich.

»Das klingt wie der Werbejingle eines Reiseunternehmens. Aber so kann man doch nicht leben. Willst du nicht weiterhin für die Agentur arbeiten? Aus der Ferne? Wir könnten unsere Besprechungen per Videotelefonie durchführen und die Projekte so aufteilen, dass es keine Probleme gibt.«

Richard betteln zu sehen, war neu für mich. Doch ich würde mich davon nicht erweichen lassen. Auch wenn er plötzlich kein Problem mehr darin sah, dass ich nicht länger vor Ort sein würde.

»Nein, das möchte ich nicht. Ich werde mir in St. Ives etwas Eigenes aufbauen. Mal sehen, was es wird. Bislang habe ich noch keinen blassen Schimmer, wohin mich die Reise führen wird. Aber kommt Zeit, kommt Rat, hat meine Granny immer gesagt. Und so werde ich es auch halten.«

»Das ist doch dein beruflicher Genickschuss. Damit wirst du dich in der Branche nie wieder sehen lassen können.«

Das Flehen hatte sich in eine Drohung gewandelt. Richard ließ nichts unversucht. Aber keine seiner Strategien würde mich zum Bleiben bewegen können. Mein Entschluss stand fest.

»Mach dir mal keine Sorgen um mich. Ich schaff das schon.« Ich war die Ruhe selbst.

Eine Tatsache, die Richard vermutlich auf die Palme brachte. Zu den bereits bekannten Symptomen hatte er nun auch noch seine Hände zu Fäusten geballt.

»Dann hau halt ab und lass mich hier mit allem allein. Du weißt ja, wo die Tür ist.«

Trotz war also die nächste Stufe in Richards Repertoire. Damit drehte er sich um und ging zur Tür hinaus.

Das war's dann wohl gewesen. Damit stand einem Neuanfang in Cornwall nichts mehr im Wege. Jetzt musste mit dem Verkauf meiner Anteile alles glattlaufen und die Vorbereitungen gut umgesetzt werden. Eine gewisse Unruhe befiel mich bei dem Gedanken. Aber ich musste es wagen. Was hatte ich schon noch zu verlieren?

Kapitel 21

Ailla

»Das ist hoffentlich nicht euer Ernst. Und das nach dem katastrophalen Date mit diesem Pete? Ich hatte euch doch gesagt, dass ich mich nicht mehr auf ein Blind Date einlassen werde. Wie kommt ihr also auf die glorreiche Idee, mich abermals zu einem schicken zu wollen? Das ergibt doch überhaupt keinen Sinn.«

Emma und Sarah sahen mich eindringlich an. Sie hatten mich abgepasst, als ich gerade die Tür vom *Heavensplace* abschließen wollte.

»Wir haben da einen Kandidaten für dich, mit dem es eine hundertprozentige Übereinstimmung gibt«, übertrieb Sarah, woraufhin Emma sie besorgt ansah.

Offenbar war auch ihr aufgefallen, dass sie den Bogen ein wenig überspannt hatte. Also ruderte sie zurück.

»Vielleicht keine hundertprozentige, aber ganz sicher seid ihr das perfekte Match. Glaub mir. Du musste da heute Abend hin.«

Nach der Sache mit Jory wollte ich nichts mehr von Männern wissen. Seit rund einem Monat war er nun weg und hatte sich wider Erwarten nicht mehr bei mir gemeldet. Es war wie damals, als er mit seiner Familie nach London umgezogen war: aus den Augen, aus dem Sinn. Und damit war die Angelegenheit erledigt.

Zumindest für ihn.

Seit Jory gegangen war, durchlebte ich schreckliche Nächte. Ich schlief nur sehr unruhig, manchmal fand ich überhaupt nicht in den Schlaf. Überhaupt hatte ich das Gefühl, dass ich abends, sobald die Sonne untergegangen war, an nichts anderes mehr denken konnte als an unsere kurze, aber äußerst intensive gemeinsame Zeit.

Kaum dass ich meine Lider schloss, sah ich sein Gesicht vor meinem inneren Auge. Der Duft von warmem Sandelholz und die holzige Note von Vetiver lagen mir dann in der Nase. Manchmal hatte ich das Gefühl, meine Hände nur ausstrecken zu müssen, um ihn berühren zu können.

So schlimm war es schon lange nicht mehr gewesen. Dieser Liebeskummer verlangte mir alles ab. Dabei hatte ich anfangs noch gedacht, dass die Wut auf Jory überwiegen würde. Doch mittlerweile brachte mich die Sehnsucht nach ihm fast um.

Ich hasste mich dafür, dass ich ihn vermisste. Wie konnte ich nur? Aber mein Herz ließ in dieser Angelegenheit einfach nicht mit sich reden, stellte sich stur. Wie naiv so ein Organ sein konnte. Dabei wussten wir doch beide, dass es kein gutes Ende nehmen würde.

»Bitte! Gib uns eine letzte Chance. Nur noch heute Abend. Und wenn das dann auch ein Schuss in den Ofen sein sollte, dann versprechen wir dir, dich nie wieder zu einem Date zu drängen«, flehte Emma.

»Heute Abend schon?«, fragte ich mit Blick auf die Uhr. »Es ist bereits achtzehn Uhr. Wann soll die Verabredung denn stattfinden und wo?«, hakte ich nach, obwohl ich mich innerlich bereits darauf eingestellt hatte, nicht zu dem Date zu gehen.

»Um acht. Bei Salvatore«, ergänzte Sarah mit hoffnungsvoller Miene.

»Um acht? Das ist in zwei Stunden. Ich soll mich innerhalb von zwei Stunden auf ein Date mit einem Mann vorbereiten, von dem ich nicht mal weiß, wie er heißt, geschweige denn, wie er aussieht? Wie kommt ihr denn auf diese Idee? Bin ich euch denn so egal?«

Die letzte Frage war gemein. Das wusste ich. Dennoch fühlte ich mich von meinen beiden Freundinnen missverstanden. Ich brauchte keinen neuen Mann, sondern Zeit, um über alles hinwegzukommen und wieder nach vorn blicken zu können. Das Letzte, was ich wollte, war, mich mit einem neuen Typen von meinem Herzschmerz abzulenken. Dafür fehlte mir schlichtweg die Kraft.

»Sarah hat ihr Auto vor der Kirche geparkt. Wir bringen dich sofort nach Hause. Dann hast du noch genügend Zeit, um dich in aller Ruhe vorzubereiten.«

»Ich mache dir auch die Haare«, bot Sarah an.

Skeptisch blickte ich zwischen den beiden hin und her.

»Wozu dieser ganze Aufwand?«

»Wir wollen dich mal wieder lächeln sehen«, sagten beide wie aus einem Munde.

»Aber ich lächle doch«, entgegnete ich.

»Du lächelst. Ja, das schon. Aber es erreicht deine Augen nicht«, erklärte Sarah.

»Wir sehen, wie sehr du leidest.«

Emma legte ihre Hand auf meinen Rücken und strich behutsam darüber.

»Wenn ich heute Abend zu Salvatore gehe, habe ich dann meine Ruhe vor euch? Ich weiß nicht, ob ich euch da trauen kann. Schon nach dem letzten Desaster hattet ihr mir ja versprochen, dass ihr mich nie wieder zu so einem Blind Date schickt.«

Ich kannte die beiden. So schnell würden sie sich von ihrem gefassten Plan nicht abbringen lassen. Allerdings hatte ich die schwache Hoffnung, dass sie mich in Ruhe lassen würden, wenn ich ihnen heute ein letztes Mal zusagte.

»Nein, ganz sicher nicht. Nur noch heute. Wir versprechen es.«

Emma hob zum Zeichen Zeige- und Mittelfinger ihrer rechten Hand in die Höhe.

»Ich schwöre es«, sagte sie feierlich. »Hoch und heilig.«

»Also gut. Dann bringen wir es hinter uns. Aber wenn der Kerl auch nur ansatzweise so ist wie Pete, dann bleibe ich nicht bis zum Ende. Das könnt ihr nicht von mir erwarten, dass ich mir das noch mal einen ganzen Abend lang antue.«

»Es wird nicht so werden.« Sarah klang, als wäre sie sich ihrer Sache sehr sicher.

Ich wollte schon nachhaken, wie sie das wissen könnte, da zog mich Emma mit sich in Richtung des Wagens.

»Die Haare sehen toll aus.«

Sarah hatte sich unheimlich viel Mühe damit gemacht, mir Locken auf den Kopf zu zaubern. Sie sahen genau so aus, wie ich sie mochte.

»Das mache ich doch gerne für dich«, sagte sie und lächelte mein Spiegelbild dabei an.

»Möchtest du lieber das rote oder das blaue Kleid? Ich finde beide sehr schön und für den Anlass angemessen.«

Emma kam mit jeweils einem Kleid in der Hand ins Bad gelaufen. Sie hatte sich schon um mein Make-up gekümmert. Nun ging es nur noch darum, was ich anziehen sollte.

»Wenn es nach mir ginge, würde ich einfach in ein paar Jeans schlüpfen und ein Shirt überziehen«, antwortete ich und sorgte mit meinen Worten dafür, dass Emma leicht zusammenzuckte.

»Ich nehme das rote«, erwiderte ich, als ich bemerkte, wie Emma nach und nach verzweifelte.

Sie hatte dann die Angewohnheit, eine ihrer Strähnen zwischen den Fingern zu zwirbeln und das pausenlos zu wiederholen. Das sah manchmal fast schon manisch aus.

»Das ist eine ausgezeichnete Wahl«, bestätigte sie mir und hängte es an den Haken an der Tür, an dem für gewöhnlich mein Bademantel zu finden war.

Heute hatte ich ihn nach dem Duschen übergezogen.

»Das wird ein wundervoller Abend«, flötete Sarah, als sie ein letztes Mal mit ihren Händen durch mein Haar ging und die Locken legte.

»Sobald ich wieder auf meiner Couch sitze, werde ich da ganz deiner Meinung sein«, seufzte ich.

Ich tat den beiden den Gefallen. Sie machten sich Sorgen um mich, und ich wollte ihnen zeigen, dass ich mich nicht nur in meinem Schmerz vergrub. Nach der Totalpleite mit Pete würde ich ein weiteres Blind Date auch noch überstehen. Dass ich mich darauf freute, konnte ich jedoch nach wie vor nicht behaupten.

Am liebsten hätte ich mich schon jetzt auf meine Couch verkrümelt, mir eine Dose Ben-and-Jerrys-Eis aus dem Tiefkühlfach geholt und mir einen traurigen Liebesfilm angeschaut. Dabei bevorzugte ich gerade die, in denen am Ende einer starb.

Sarah sah mein Spiegelbild an.

»Du vermisst ihn schrecklich. Hab ich recht?«

Ich zögerte kurzzeitig, ehe ich nickte.

»Hast du mal versucht, ihn anzurufen?«

Sarahs Stimme war ganz leise. Emma stand noch immer wie angewurzelt neben dem Kleid, das sie aufgehängt hatte, und sah mich ebenfalls besorgt an.

Kopfschüttelnd saß ich da. Einzelne Tränen sammelten sich in meinen Augen. Doch ich schluckte sie hinunter. Nicht nur wegen Emmas perfektem Make-up, sondern auch weil ich mir geschworen hatte, Jory keine einzige Träne mehr nachzuweinen.

»Er wollte sich bei mir melden«, erwiderte ich und sah dabei auf meine Hände, die ich auf meinem Schoß ineinandergelegt hatte.

»Vielleicht ist ihm etwas dazwischengekommen?«, mutmaßte Emma.

»Ja, ganz sicher sogar. Sobald Jory nach London kommt, hat er alles und jeden aus St. Ives vergessen. Das war damals schon so, und das wird auch heute so sein. Ich will mich nicht in sein Leben drängen. Wenn er etwas von mir möchte, weiß er ja, wo er mich findet. Und damit ist das Thema Jory für mich ein und für alle Mal gegessen. Okay? Ich möchte nicht mehr über ihn reden. Bitte.«

Nun kullerten mir doch einzelne Tränen über die Wangen, perlten an meinem Kinn ab und tropften auf meinen Bademantel.

»Du solltest jetzt besser das Kleid anziehen«, wechselte Emma das Thema.

»Es ist schon halb acht. Sarah und ich fahren dich dann gleich runter zu Salvatore.«

Salvatore hieß eigentlich Sam, machte sich allerdings einen Scherz daraus, seine Gäste im Glauben zu lassen, er wäre der Sohn eines berüchtigten Mafiabosses. Nie wurde er müde, von seiner angeblichen Flucht von der Insel Sizilien zu erzählen, als er mit den Machenschaften seines vermeintlichen Vaters nichts mehr zu tun haben wollte.

Mit vor Staunen aufgerissenen Mündern und großen Augen lauschten die Leute seinen Geschichten. Ansonsten war Salvatores Pizza Napoli zu empfehlen. Ich liebte Kapern und Sardellen. Vielleicht sollte ich heute aber auf die Zwiebeln verzichten? Oder besser gleich die doppelte Menge bestellen? Damit würde ich meinen Partner für den heutigen Abend sicher in die Flucht schlagen.

»Dann lasst uns mal losgehen. Auf in den Kampf!«

»Es wird ein wundervoller Abend«, munterte mich Emma auf und legte dabei vielsagend ihre Hand auf meinen Arm.

»Und sollte es wider Erwarten anders kommen, kannst du deine Pizza ja mit nach Hause nehmen.«

Bei Sarahs pragmatischem Vorschlag musste ich lachen.

Auch wenn ich das heutige Date betreffend nicht ganz ihrer Meinung war, wusste ich doch, dass Sarah und Emma es immer nur gut mit mir meinten.

Kapitel 22

Jory

Nervös blickte ich mich zu allen Seiten hin um. Ich wollte nicht vor Aillas Eintreffen im Restaurant Platz nehmen. Hoffentlich würde sie überhaupt auftauchen.

Emma und Sarah hatten mir zwar versichert, dass sie kommen würde, allerdings konnte ich mir gut vorstellen, dass Ailla nicht gerade der Sinn nach einer Verabredung stand.

Lange hatte ich mit mir gerungen, was ich tun sollte, um Ailla um Verzeihung zu bitten. Trotz heftigen Haareraufens und Nächten, in denen ich wach gelegen und die Zimmerdecke auf der Suche nach einer Antwort angestarrt hatte, war mir schlichtweg keine gute Idee gekommen.

Natürlich hätte ich mit einem Blumenstrauß vor Aillas Cottage stehen und sie um Verzeihung bitten können. Aber die Gefahr war zu groß, dass sie mir die Tür vor der Nase zuschlagen würde. Das Risiko konnte ich nicht eingehen. Gleichzeitig wusste ich, dass ich nur eine Chance hatte. Und die würde ich nutzen müssen.

Also war ich auf die Idee gekommen, ihre Freundinnen zu fragen. Doch die beiden waren nicht gleich auf meiner Seite gewesen. Ich hatte ihnen in allen Details erklären müssen, wie sehr ich mich in Ailla verliebt hatte und mir keinen einzigen Tag mehr ohne sie vorstellen konnte. Das hatte sie letztlich überzeugt. Aber der Weg dorthin war steinig gewesen.

Fieberhaft blickte ich auf das Handy in meiner Hand. Emma wollte sich melden, wenn sie losfuhren. Jetzt war es schon kurz vor acht und niemand hatte sich bei mir gemeldet.

Noch widerstand ich dem Bedürfnis, sie anzurufen. Doch lange würde ich es nicht mehr aushalten.

Von meinem Spähposten aus hatte ich gute Sicht auf die Eingangstür des Restaurants. In der letzten halben Stunde waren bereits einige Gäste eingetroffen. Ailla war nicht darunter gewesen. Da war ich mir ganz sicher.

Besorgt fuhr ich mir mit meinen Händen durchs Haar. Was, wenn sie doch noch einen Rückzieher gemacht hatte und heute nicht mehr auftauchen würde?

»Wir sind gleich da. Sorry, ich hatte ganz vergessen, dir zu schreiben. Es war so viel zu tun.«

Als die Nachricht auf meinem Display aufleuchtete, atmete ich erleichtert auf. Wieder und wieder las ich die Zeilen. Ailla hatte offenbar keinen Verdacht geschöpft.

Sie tappte also nach wie vor im Dunkeln und ging davon aus, dass sie sich heute Abend mit einem wildfremden Mann treffen würde. Emma und Sarah hatten ganze Arbeit leisten müssen, um sie davon zu überzeugen. Eigentlich hatte Ailla die Nase, was Männer anbelangte, nämlich gestrichen voll. Was ich ihr nicht weiter verübeln konnte. Erst die Sache mit Pete und dann mit mir. Da würde ich auch die Zuversicht in die männliche menschliche Spezies verlieren.

»Warte! Ich richte dir die Haare noch mal«, hörte ich Sarah hinter mir sagen und hielt augenblicklich den Atem an.

Die drei kamen von hinten aus der Gasse, in der ich stand. Wenn ich nicht gleich eine Idee hatte, wo ich mich verstecken konnte, würden sie unmittelbar in mich hineinlaufen. Das durfte auf gar keinen Fall passieren. Denn wenn Ailla mich hier sah, dann würde sie die Verschwörung aufdecken und nicht mal mehr hinüber zu Salvatores italienischem Gourmettempel gehen, sondern schnurstracks nach Hause abzweigen.

Hilfe suchend blickte ich mich zu allen Seiten hin um und fand dann eine Reihe Mülltonnen, hinter denen ich mich verkriechen konnte.

Zum Glück war die Beleuchtung der Straße mehr als bescheiden. Man sah zeitweise nicht mal seine eigene Hand vor Augen. Das würde mir in diesem Fall hoffentlich von Nutzen sein.

»Hast du das Klappern gehört?«, fragte Ailla und hielt ungefähr auf meiner Höhe in der Bewegung inne.

Auch das noch!

»Ich habe nichts gehört«, beeilte Sarah sich zu sagen, als sie mich in meinem Versteck erblickte.

Suchend blickte Ailla sich um.

»Das ist bestimmt dieser Waschbär, der hier sein Unwesen treibt. Wir sollten dahinten bei den Mülltonnen nachsehen und das Tier einfangen. Liz ist noch immer ganz bekümmert darüber, den Übeltäter nicht dingfest gemacht zu haben.«

Ein Waschbär sollte also dafür verantwortlich sein, dass meine Deckung jeden Moment aufflog. Wie viel Pech konnte ein einzelner Mensch nur haben?

Und warum hatte ich mich ausgerechnet hier versteckt? Es hätte so viele andere Möglichkeiten gegeben.

Aber nein, ich hatte mich ausgerechnet in dieser Gasse positionieren müssen. Das hatte ich dann wohl davon.

»Es ist schon fast acht«, gab Emma zu bedenken.

Ailla, die sich eben auf den Weg zu mir gemacht hatte, hielt plötzlich in der Bewegung inne.

»Vielleicht ist es besser, wenn wir die Jagd nach dem Waschbären auf später vertagen. Salvatore würde Augen machen, wenn ich ihm das possierliche Tierchen, wie Liz es nennt, mit ins Restaurant bringen würde.«

Emma und Sarah lachten bei der Vorstellung.

Dann endlich gingen die drei weiter. Ich atmete erleichtert auf und kroch aus meinem Versteck. Die gebückte Haltung hatte zu Schmerzen im unteren Rückenbereich geführt. Außerdem war mein Hosenbein ein wenig dreckig, weil ich bei meiner überstürzten Flucht mit dem Knie auf dem Boden aufgekommen war, als ich in Deckung ging.

Ich atmete noch einige Male tief ein und wieder aus, ehe ich mich auf den Weg zu Salvatore machte. Schon als ich noch klein war, hatte ich dort oft mit Granny zu Mittag gegessen oder mir ein Eis geholt. Salvatore hatte nicht nur die beste Pizza, sondern auch das wohl unangefochten beste Eis der ganzen Region. Ich war mir nicht mal sicher, ob es in London besseres gab. Aber das war jetzt nicht wichtig.

Wenn ich nicht endlich in die Pötte kam, würde Ailla, deren Date für den Abend noch immer nicht erschienen war, ihre Sachen packen und wieder verschwinden.

Nervös knetete ich meine Hände, ehe ich mich in Bewegung setzte.

Kapitel 23

Ailla

Sarah und Emma hatten sich soeben von mir verabschiedet.

»Ailla, wie schön, dass du mich mal wieder besuchen kommst. Es ist viel zu lange her, dass wir uns das letzte Mal gesehen haben. Wie läuft dein Tea Room? Was macht dein Dad?«

Salvatore und Dad waren früher im Cornish Hurling-Team von St. Ives, einem Spiel, bei dem ein silberner Ball, der mich irgendwie an den goldenen Schnatz aus Harry Potter erinnerte, einmal quer durch den Ort zum Rathaus gebracht werden musste. Es gab keine bestimmten Regeln oder ein abgestecktes Spielfeld beim Hurling.

Das Spiel wurde vor rund fünfhundert Jahren in Cornwall erfunden und heute nur noch in St. Columb und St. Ives ausgetragen. Es war ein nationales Erbe, wenn man so wollte, das uns verpflichtete. Zumindest sahen das Salvatore und Dad so, als sie noch in der Lage dazu waren, mitzumachen. Mitunter waren die Sitten bei dem Sport ziemlich rau. Dad hatte in der

Vergangenheit einige Blessuren davongetragen. Irgendwann hatte er sich das Ganze nur noch aus gebührender Entfernung angeschaut.

»Dad geht es gut. Er geht ab und an Golfen oder zum Cricket.«

Salvatore verzog das Gesicht bei meinen Worten.

»Das Alter tut dem Mann nicht gut. Wenn man das Rad der Zeit doch nur etwas zurückdrehen könnte. Dann wären wir sicher wieder die ersten beim Hurling.«

Lachend schüttelte er den Kopf.

»Aber du bist sicher nicht gekommen, um dich mit mir über das Cornish Hurling zu unterhalten.«

Nun war es an mir, zu lächeln.

»Nicht ganz. Nein. Es ist ein Tisch für mich reserviert. Vielleicht ist bereits jemand gekommen? Ich habe mich ein wenig verspätet«, gestand ich mit Blick auf meine Armbanduhr ein.

»Eine hübsche Frau kann sich nicht verspäten«, stellte Salvatore augenzwinkernd fest, sah dann in sein Buch mit den Reservierungen und führte mich an einen Tisch im hinteren Bereich des Restaurants.

Es war nicht unbedingt der beste Tisch in dem Raum. Das Fenster und damit die Sicht nach draußen waren mir nicht vergönnt. Dennoch war mir der etwas abgeschiedene Platz lieber, als zu viel Aufmerksamkeit auf mich zu ziehen. Auf diese Weise konnte ich ungestört mit meinem Date sprechen und ihm klarmachen, dass ich meinen Freundinnen zuliebe nur eine Kleinigkeit essen würde und dann schnell zurück nach Hause musste.

Mit offenen Karten zu spielen, schien mir in dieser Angelegenheit nur fair zu sein. Schließich hatte sich mein Date für den heutigen Abend sicher etwas anderes erwartet, als ich ihm bieten konnte. Wenn er dann gleich wieder verschwand, war es mir auch recht. Aber meine Pizza mit Kapern und Sardellen würde ich trotzdem essen. Auf die hatte ich mich nämlich bereits gefreut.

Der Appetit tröstete mich über die Tatsache hinweg, mich hier mit einem wildfremden Mann zu treffen und den Abend mit ihm zu verbringen. Noch immer musste ich an das schreckliche Date mit Pete denken. Ob er wohl inzwischen mit Amanda zusammen war? Oder hatte sie noch rechtzeitig gecheckt, was für ein unmöglicher Kerl er war?

Mittlerweile war es bereits zwanzig Uhr. Suchend blickte ich mich im Raum um. Es gab keinen einzeln sitzenden Mann, der verloren wirkte, weil er darauf wartete, dass ich endlich eintraf. Das wiederum konnte nur bedeuten, dass der Mann, den ich heute treffen würde, noch gar nicht da war. Und damit kam er zu spät.

Eine wirklich prima Ausgangslage. Nicht. Anstatt lange zu fackeln, sollte ich Salvatore rufen, meine Pizza bestellen und nicht länger auf einen Kerl warten, der es offenbar nicht für nötig hielt, pünktlich zu erscheinen.

Ohnehin hätte ich Emma und Sarah von vornherein sagen müssen, dass ich es für eine Schnapsidee hielt, mich heute schon wieder mit einem Typen zu treffen, den ich nicht kannte.

Nach der Sache mit Pete und der Tatsache, dass mein Herz nach der Trennung von Jory noch immer litt, war es sicher nicht die vernünftigste Entscheidung, sich heute in neues Terrain vorzuwagen.

Man sagte zwar, dass man, sobald man aus dem Sattel eines Pferdes gefallen war, gleich wieder aufstehen und weiterreiten sollte. Aber das galt nicht für die Liebe. Zumindest nicht bei mir.

Salvatore hatte mir dankenswerterweise bereits zwei Karten auf dem Tisch gelassen. Meine Pizza-Wahl stand schon fest, allerdings wollte ich mich noch nach einem passenden Wein umsehen. Dabei hatte ich mir doch vorgenommen, nach dem desaströsen Abend mit Jory nicht mehr allzu tief ins Glas zu schauen.

Aber ein Gläschen Wein würde schon nicht dazu führen, dass ich lauthals zu singen begann. Außerdem erforderten außergewöhnliche Umstände auch außergewöhnliche Maßnahmen. Und zum Genuss einer guten Pizza gehörte einfach auch ein anständiger Wein. Da brauchte ich mir bei Salvatore allerdings keine Sorgen zu machen. Er verstand sich darauf, hatte nur die besten italienischen Weine in seiner Karte.

»Ailla«, hörte ich plötzlich jemanden in unmittelbarer Nähe meinen Namen rufen.

Ich legte die Karte auf den Tisch, in die ich eben noch so vertieft gewesen war, und blickte in zwei dunkle Augen mit goldenen Sprenkeln darin.

»Du?«, fragte ich fassungslos.

Das musste ein Scherz sein. Konnte das wirklich wahr sein oder stand da vor mir nur eine Fata Morgana? Bildete ich mir das letztlich alles nur ein? So musste es sein. Denn Sarah und Emma würden nie so weit gehen. Oder doch?

»Darf ich mich setzen?«, fragte Jory und legte dabei seine Hände auf die Stuhllehne.

In meinem Kopf überschlugen sich die Gedanken. War er etwa mein Date? Hatten Sarah und Emma dafür gesorgt, dass er nach St. Ives kam, um mit mir Pizza zu essen? Was sollte das hier alles?

Erst log Jory mich an, danach verschwand er nach London, meldete sich ein einziges Mal und dann nie wieder. Vier Wochen waren seit seinem Aufbruch vergangen. Vier Wochen, in denen ich ihn zum Teufel gejagt und wieder herbeigesehnt hatte.

»Was machst du hier?«, stellte ich ihm eine Gegenfrage.

»Ich möchte mit dir reden«, antwortete er und sah mich nach wie vor unsicher an.

Bislang hatte er es nicht gewagt, sich an den Tisch zu setzen. Zögerlich warf er einen Blick auf den Stuhl, dann sah er wieder mich an.

»Das hättest du am Telefon tun können.«

Wut kochte in mir hoch, wenn ich daran dachte, was hier abging. Erst meldete sich Jory eine halbe Ewigkeit nicht bei mir, und nun stand er vor mir und wollte mit mir reden, als wäre nichts gewesen.

Aber so einfach war das nicht.

»Ich wollte von Angesicht zu Angesicht mit dir reden. Am Telefon habe ich ja nur herumgestottert. Ich habe es nicht geschafft, dir begreiflich zu machen, was mit mir los war. Aber zuerst musste ich noch ein paar Dinge in London klären. Ich bin aus der Agentur ausgestiegen und habe meine Wohnung verkauft. Das hat mehr Zeit in Anspruch genommen, als ich gedacht habe. Aber jetzt bin ich da.«

Mittlerweile klammerte sich Jory fest an die Stuhllehne, als drohte er ohne den Halt einfach umzufallen.

»Jetzt bist du also da. Und was willst du von mir? Hast du das hier alles mit Sarah und Emma eingefädelt? Was für eine Farce!«

Meine Stimme war lauter geworden, als ich es beabsichtigt hatte. Aber ich war so außer mir, dass ich sie nur schwer zügeln konnte. Ohnehin hätte ich Jory am liebsten angeschrien. Es gelang mir gerade so, mich zurückzuhalten. Schließlich wollte ich das Salvatore nicht antun. Der Ärmste konnte nichts dafür, dass ich ausgerechnet bei ihm auf Jory stieß.

»Darf ich mich setzen?«, bat Jory.

»Bitte! Tu dir keinen Zwang an«, blaffte ich ihn an und verschränkte schwer atmend die Arme vor der Brust.

Ich war so sauer auf ihn, dass ich nur noch rotsah.

Jory nahm auf dem Stuhl mir gegenüber Platz. Er wirkte unschlüssig darüber, wie er nun weitermachen sollte. Offenbar hatte er nicht mit solch heftigem Gegenwind gerechnet. Aber was hatte er denn erwartet?

Erst behauptete er, ein anderer zu sein, und belog mich nach Strich und Faden, dann verschwand er einfach nach London und rührte sich nicht mehr. Das war keine besonders gute Grundlage für das heutige Gespräch.

Ein Gespräch wohlgemerkt, zu dem ich nie und nimmer meine Einwilligung gegeben hätte.

»Ailla, das tut mir alles so leid. Du kannst dir gar nicht vorstellen, was ich mir in der Zwischenzeit für Vorwürfe gemacht habe. Ich hätte mich nie als ein anderer ausgeben dürfen. Das war falsch. Ich bereue, dass es dazu gekommen ist. Aber ich kann es leider nicht mehr ändern.«

»Das hatten wir schon. Du hast dich inzwischen zur Genüge bei mir entschuldigt. Wenn das alles war, dann würde ich jetzt gerne meine Pizza bestellen und nach dem Essen von hier verschwinden.«

Wieder nahm ich meine Speisekarte in die Hand und stellte sie auf dem Tisch vor mir wie einen Schutzschild auf. Einen bebenden Schutzschild. Denn meine Hände zitterten wie Espenlaub.

»Pizza mit Kapern und Sardellen? So wie früher? Ich fand das ja immer eklig, kann mich bis heute nicht für diese Kombination erwärmen. Aber du hast das schon als Kind gemocht.«

Jory lachte auf und schälte sich dabei aus seinem dünnen Mantel, den er im Anschluss daran über die Stuhllehne legte.

»Du hast dir gemerkt, wie ich meine Pizza esse?«, fragte ich ungläubig und schob die Karte dabei so weit herunter, dass ich ihn über den Rand gut sehen konnte.

Er nickte.

»Aber sicher doch. Das sind Eigenarten, die einen Menschen ausmachen. Seine Vorlieben. Es ist wichtig zu wissen, was du magst und was nicht.«

Für einen Moment war ich richtiggehend gerührt. Jory hatte sich in all den Jahren gemerkt, welche meine Lieblingspizza war. Das war nicht selbstverständlich. Mein Ex Kyle hatte bis zuletzt nicht mal gewusst, wie ich meinen Kaffee am liebsten trank. Seine angestrengten Versuche, mir eine Freude zu machen, waren immer wieder gescheitert. Dabei wäre es mir am liebsten gewesen, er hätte mir einfach den Kaffee so gekocht, wie ich ihn mochte.

»Ich mag es beispielsweise überhaupt nicht, angelogen zu werden. Das ist ein absolutes No-Go bei mir.«

»Das habe ich inzwischen verstanden. Und dafür kann ich mich gar nicht genügend entschuldigen«, erwiderte er zerknirscht.

»Was darf's denn sein?«

Salvatore lächelte uns beide freudestrahlend an und wartete darauf, dass wir ihm unsere Bestellungen nannten.

»Ich hätte gerne eine Pizza mit Kapern und Sardellen und einen Lambrusco. Und Jory nimmt eine Pizza Margherita ohne Basilikum, dafür mit Schnittlauch.«

Nicht nur Jory wusste, wie ich meine Pizza mochte. Auch ich hatte mir in all den Jahren gemerkt, wie er seine am liebsten aß. Das war doch verrückt.

»Zu der Pizza hätte ich gerne noch ein Cornish Knockers. Habt ihr das?«

Salvatore wandte sich Jory zu, nahm die Bestellung auf und sah ihn dabei eindringlich an.

»Das ist doch nicht möglich. Bist du Jory? Jory Penrose?«

Jory nickte.

»Ha! Ihr beiden habt hier schon vor fast zwanzig Jahren zusammen Pizza gegessen. Oder einen Eisbecher geteilt. Es war unumgänglich, dass ihr beiden zusammenkommt. Ich wusste das schon immer. Wie schön, dass ihr hier seid, um mir von eurem Glück zu berichten. Liebe geht ja bekanntlich durch den Magen.«

»Wir sind nicht …«, hob ich an.

Doch Salvatore ging schon zum nächsten Tisch, um die Bestellung aufzunehmen.

»Das war mein Stichwort«, hörte ich Jory im nächsten Moment sagen.

»Stichwort?«, hakte ich nach.

»Salvatore hat mich an den eigentlichen Grund meiner Rückkehr nach Cornwall erinnert.«

»Rückkehr nach Cornwall? Heißt das etwa, dass du dauerhaft hierbleiben willst?«

Allein bei dem Gedanken zog sich mein Magen auf die Größe einer Erbse zusammen, während mein Herz vollkommen aus dem Takt geriet, mal hüpfte, mal aussetzte und sich dann beinahe überschlug.

»Genau das soll es heißen«, bestätigte er mir mit einem Lächeln auf den Lippen.

Die goldenen Sprenkel seiner Augen leuchteten erwartungsvoll, während er seine Hände auf meine legte.

Ich wollte bereits dagegen rebellieren, entschied mich dann jedoch dagegen. Viel zu vertraut war die Berührung. Seit Wochen hatte ich mich danach gesehnt. Ich hasste mich dafür, so schwach zu sein, aber ich war auch nur ein Mensch. Und in dieser speziellen Situation konnte ich schwerlich aus meiner Haut.

»Wozu das alles? Warum verkaufst du deine Wohnung? Warum hast du deine Anteile an der Agentur aufgegeben? Willst du etwa dauerhaft als Servicekraft in meinem Tea Room arbeiten?«

Es sollte ein Scherz sein. Ich lachte, während Jory mich noch immer durchdringend ansah.

»Ich habe alles verkauft, weil ich jetzt weiß, was ich will. Endlich stehe ich an dem Punkt in meinem Leben, wo mir die Meinungen anderer den Rücken herunterrutschen können. Ich habe den Entschluss gefasst, meine Entscheidungen so zu treffen, dass ich damit glücklich werde. Und nicht der Rest der Menschheit. Versteh mich nicht falsch! Es geht mir nicht darum, jemanden vor den Kopf zu stoßen. Vielmehr hat man ja nur dieses eine Leben. Und ich möchte mich nicht eines Tages fragen müssen: Was wäre gewesen, wenn …«

Wie gebannt hing ich an seinen Lippen, während ich nicht wagte, ihn zu unterbrechen.

Die übrigen Gäste, die leise italienische Musik aus den Sechzigerjahren des vergangenen Jahrhunderts, die leise im Hintergrund lief, die verschiedenen Gerüche – das alles blendete ich in diesem Moment vollkommen aus, um mich einzig und allein auf Jory konzentrieren zu können.

»Und was willst du?«, fragte ich schließlich, als ich mich ein wenig gefasst hatte.

Nach außen hin gab ich mich cool und reserviert. Doch im Inneren meines Körpers war ich ein nervliches Wrack. Die Anspannung war kaum noch auszuhalten, dennoch bemühte ich mich, weder mit den Beinen zu wippen noch an meinen Fingernägeln zu kauen. Eine leidige Angewohnheit von mir, die in Stresssituationen wie dieser des Öfteren über mich kam.

»Ist das denn nicht offensichtlich?«, fragte er und sah mir dabei ganz tief in die Augen.

Dabei hatte ich das Gefühl, dass er bis auf den Grund meiner Seele blicken konnte und all meine Geheimnisse dort finden würde. Wirklich alle. Auch das größte Geheimnis meines Lebens: nämlich, dass ich in Jory verliebt war. Und das irgendwie schon immer.

»Pizza?«, stellte ich mich dumm.

Ich wollte es aus seinem Mund hören und mir keine unnötigen Hoffnungen mehr machen müssen. Die Wahrheit musste auf den Tisch. Und das am besten noch vor der Pizza.

Jory lachte über meinen Witz. Dabei wollte ich doch endlich hören, was er mir zu sagen hatte. Meine Ungeduld war mit Händen greifbar. Am liebsten wäre ich aufgestanden und hätte eine Runde am Wasser gedreht, um mich etwas auszupowern.

Unruhig saß ich Jory gegenüber, während er seinen Mund leicht öffnete und schließlich endlich zu sprechen begann.

»Als ich dir damals Kermit geschenkt habe, musste ich an das Märchen Froschkönig denken. Vielleicht habe ich mir sogar ein wenig gewünscht, ich wäre der Frosch und du würdest mich küssen.«

Bei seinen Worten blieb mir der Mund offen stehen.

»Du wolltest mich küssen?«, fragte ich ungläubig.

Jory nickte.

»Als meine Eltern auf die Idee kamen, von hier fortzugehen, habe ich geglaubt, meine Welt würde zusammenbrechen. Das allerdings nicht nur, weil ich meine Heimat liebte und mir nicht vorstellen konnte, im riesigen London zu leben. Nein, besonders schwer war für mich die Trennung von dir. Ich hatte mich gerade erst so richtig in dich verliebt, und dann musste ich plötzlich alles hinter mir lassen und ein neues Leben weit weg von dir aufbauen. Das waren mit die schlimmsten Jahre meines Lebens. Und wenn du mich jetzt fortschickst, dann werden die nächsten nicht unbedingt einfacher.«

Er lächelte zaghaft, noch immer in Erinnerungen seiner Kindheit schwelgend.

Wir waren die meiste Zeit des Tages zusammen gewesen. Unsere Eltern waren berufstätig, sodass sie froh waren, dass wir uns allein beschäftigen konnten. Ein Handy hatte keiner von uns. Damals glaubte man noch daran, dass Kinder ihre eigenen Erfahrungen machen mussten, um zu selbstständigen und lebensfähigen menschlichen Individuen heranzureifen.

Wir waren im Meer schwimmen gegangen, hatten uns auf Schatzsuche begeben oder uns bei Salvatore ein Eis geteilt. Das Leben war so schön gewesen. Und so einfach. Ich hatte immer einen besten Freund an meiner Seite gehabt. Weder Jory noch ich hatten einen Bruder oder eine Schwester. Wir waren wie Geschwister füreinander gewesen. Bis auch ich irgendwann spürte, dass da mehr war. Allerdings war ich in all den Jahren davon ausgegangen, dass es nur mir so ergangen war. Nun zu hören, dass Jory ebenfalls Gefühle für mich hatte, sorgte dafür, dass meinen ganzen Körper eine Gänsehaut überzog.

»Wie könnte ich dich denn wegschicken? St. Ives gehört mir nicht. Ich kann nicht darüber bestimmen, wer kommen und wer gehen soll. Das liegt nicht in meiner Befugnis.«

Jory überlegte kurz, was er darauf erwidern sollte.

»Ich könnte nicht an einem Ort mit dir zusammenleben, wenn ich wüsste, dass du mich hasst.« Er zögerte. »Hasst du mich denn?«

Nun war es an mir, in mich zu gehen und über diese Frage nachzudenken.

Nach einer ganzen Weile schüttelte ich den Kopf.

»Nein, ich hasse dich nicht. Ich war sehr wütend auf dich, bin es noch immer irgendwie. Aber grundsätzlich kann ich dich nicht hassen. Das geht gar nicht«, offenbarte ich ihm.

»Das ist gut.«

Jory sah mich nachdenklich an.

»Pizza Margherita?«, fragte eine Frau, die ich nicht kannte.

Ich war definitiv schon viel zu lange nicht bei Salvatore gewesen.

Doch nach der Trennung von Kyle hatte ich lieber daheim auf meiner Couch gesessen, als am Leben vor meiner Haustür teilzunehmen. Emma und Sarah hatten jedes Mal ganze Überzeugungsarbeit leisten müssen, um mich dazu zu überreden, mit ihnen auf die Piste zu gehen.

»Die ist für mich«, bestätigte ihr Jory.

»Dann ist die hier für dich«, resümierte sie und stellte die andere Pizza vor mich auf den Tisch.

»Danke«, sagte ich artig, als sie bereits wieder auf dem Weg in die Küche war.

Unsere Getränke fehlten allerdings noch immer.

Aber das war egal. Ich würde gerade ohnehin keinen Bissen herunterkriegen. Dabei hatte ich mich so auf meine Pizza gefreut. Zum Glück mochte ich sie auch kalt.

»Ailla, es gibt einen Grund, warum ich zurückgekommen bin.«

Jory wirkte aufgeregt. Seine Hände zitterten leicht.

»Willst du wieder in das alte Cottage deiner Granny ziehen?«

Noch immer saß ich vor der dampfenden Pizza, ohne sie anzuschneiden. Meine Hände lagen auf meinem Schoß und harrten der Dinge, die da kamen. Messer und Gabel waren es offenbar nicht. Das hatten sie schon verstanden.

»Das auch. Aber das ist nicht der Grund, warum ich London hinter mir gelassen habe.«

»Nicht?«, entgegnete ich schier atemlos.

Was war denn plötzlich nur mit mir los? Mein ganzer Körper bebte, während ich kaum erwarten konnte, dass Jory sagte, was ihm auf dem Herzen lag.

»Ich bin hier, weil ich dich schrecklich vermisst habe, Ailla. Ich liebe dich. Ich liebe dich mehr, als ich in Worte fassen kann. Und ich möchte den Rest meines Lebens hier bei dir in St. Ives verbringen.«

»Bis wir alt und grau sind?«, fragte ich, einem Impuls folgend.

»Und noch viel länger«, erwiderte Jory, der sich offenbar auch daran erinnerte, wie wir uns als Kinder über die Alten und Grauen lustig gemacht hatten.

»Du liebst mich?«, hörte ich mich sagen, während in meinem Kopf tausend Fragezeichen aufleuchteten.

Mit allem hätte ich gerechnet, aber nicht damit, dass Jory mir am heutigen Abend seine Liebe gestehen würde. Das war verrückt. Mehr als das.

Er nickte.

»Ja, ich liebe dich, Ailla. Und ich bereue es so sehr, dass ich in unserer ersten gemeinsamen Nacht nicht ehrlich zu dir gewesen bin. Dabei war das die schönste in meinem ganzen Leben. Am nächsten Tag habe ich mich so dafür geschämt, dir gegenüber nicht aufrichtig gewesen zu sein, dass ich mich wie ein Dieb davonstehlen wollte.«

Nun hatte ich also den Beweis dafür, dass mich mein Gefühl nicht getrogen hatte.

Hilfe suchend blickte ich auf die Pizza vor mir, wie um zwischen all den Kapern und Sardellen eine Antwort zu finden, was ich darauf bloß erwidern konnte.

»Ich liebe dich auch«, las ich zwischen dem Belag in einer unsichtbaren Schrift ab.

Sehr passend, wie ich fand. Also bediente ich mich der Worte und sprach sie mit dem Herzen.

Jory konnte sein Glück kaum fassen. Bis zuletzt hatte er damit rechnen müssen, dass ich aufstehen und das Lokal verlassen würde, während er mir seine Gefühle für mich offenbarte.

»Als du mir damals Kermit geschenkt hast, war ich bereits verliebt in dich. Ich wollte dir so gerne sagen, wie es sich für mich anfühlt, dass du gehen musst. Aber ich wollte die Situation für uns beide nicht schlimmer machen, als sie ohnehin war. Wir waren noch so jung. Was wussten wir schon von Liebe? Das Kribbeln in meinem Bauch wollte allerdings nie aufhören, wenn ich an dich dachte oder mir alte gemeinsame Bilder ansah.«

Jory lauschte meinen Worten, ohne auch nur einen Ton von sich zu geben.

»Ihr esst ja gar nicht. Stimmt etwas nicht mit der Pizza?«, fragte Salvatore beunruhigt, während er zuerst meinen Teller und dann Jorys Teller näher in Augenschein nahm.

Prüfend blickte er die Pizzen an, dann stellte er sie zurück auf den Tisch.

»Ich kann nichts erkennen. Sie riechen auch ganz vorzüglich. Mittlerweile sind sie vielleicht schon etwas kalt. Soll ich sie noch mal kurz in den Ofen schieben lassen?«, bot er an.

Doch Jory und ich schüttelten die Köpfe.

Der Lambrusco und das Cornish Knockers wurden just in diesem Moment geliefert.

Salvatore wollte seine Angestellte schon ausschimpfen. Doch Jory und ich beteuerten ihm, dass wir etwas sehr Wichtiges zu besprechen hatten, weshalb wir noch nicht mit dem Essen beginnen konnten.

»Was kann so wichtig sein, dass man eine warme Pizza verschmäht?«, fragte er besorgt.

»Die Aussicht auf mehr Pizza«, sagte ich und sah dabei zu Jory.

»Und auf Eisbecher. Ganz viele. Mit zwei Löffeln.«

Salvatore verstand.

»Mamma mia, dass ich das noch erleben darf. Vai, Guilia, geh in die Küche und hol den beiden eine Flasche Sekt. Es gibt etwas zu feiern.«

»Oh, was ist es denn? Ein runder Geburtstag oder ein Jahrestag?«, fragte sie überrascht.

»Die Liebe, Guilia. Die Liebe. Und wenn ich ehrlich bin, wird die ohnehin viel zu wenig gefeiert. Also schenk auch den übrigen Gästen ein Gläschen ein. Und uns. Uns ganz besonders. Die Liebe kann man nicht genügend feiern. Das sollte uns allen klar sein.«

Als der Sekt schließlich eingetroffen war, hoben wir die Gläser und Salvatore prostete uns zu.

»Auf die Liebe!«

»Auf die Liebe!«

Epilog

Jory

Ein Jahr später

»Hey, Schatz, kann ich dir irgendwie behilflich sein?«

Seit ich nach St. Ives zurückgezogen war, verdiente ich mir mein Geld als Freelancer. Allerdings suchte ich mir nur die Projekte aus, die mir auch Spaß machten, und übernahm mich nie, so wie das früher der Fall in der Agentur gewesen war.

Auf diese Weise blieb noch genügend Zeit für Aillas Tea Room. Ich war gerne dort und unterstützte sie ein wenig, wenn mal wieder Not am Mann war. Also so wie eigentlich immer.

»Gut, dass du kommst! Monique ist heute ausgefallen. Sie hat sich gestern Abend den Fuß verdreht und kann nicht auftreten.«

Monique arbeitete seit dieser Saison bei Ailla und war eine wahre Bereicherung für das *Heavensplace*.

So hatte sie Ailla beispielsweise die Gelegenheit gegeben, sich Gedanken zu machen, wie der Tea Room über die reinen Öffnungszeiten hinaus noch nutzbar wäre. Von Teezeremonien über exklusive Afternoon Teas, zu denen man sich anmelden musste, bis hin zu Lesungen war alles möglich.

Und Ailla liebte es. Sie kämpfte mittlerweile nicht nur darum, den täglichen Berg an Arbeit zu absolvieren, sondern hatte eine riesige Freude daran, dem Namen *Heavensplace* alle Ehre zu machen.

»Soll ich hinter die Theke oder in den Service?«, fragte ich routiniert.

Wir waren ein eingespieltes Team. Und das nicht nur im Tea Room.

Unsere Beziehung hatte das erste Jahr leicht überstanden. Die Zeit war wie im Flug vergangen, doch wir hatten aus jedem Moment etwas ganz Besonderes gemacht.

Während ich in London gefühlt nur für die Arbeit gelebt hatte, war das Leben hier in Cornwall viel mehr auf Freizeit, Freunde, Familie und natürlich die Liebe ausgerichtet. Man traf sich mittags zum Lunch, ging am Nachmittag zum Strand und blieb dort bis zum Sonnenuntergang.

Mein Leben hatte eine ganz neue Wendung bekommen. Es ging nicht mehr darum, möglichst viel Profit in kürzester Zeit zu machen, sondern das Leben zu genießen. Savoir vivre, wie die Franzosen sagten. Ich lernte noch, aber nach und nach wusste ich zu leben. Und das würde ich mir nicht mehr nehmen lassen.

»Hinter die Theke. Du machst die schönsten Kaffeeschaumbilder, die ich je gesehen habe. Wenn du nicht da bist, fragen meine Gäste schon danach. Dabei ist das hier doch ein Tea Room.«

Ailla sah gespielt beleidigt drein und machte eine abwinkende Handbewegung, ehe sie sich nach draußen in den Palmengarten aufmachte, um Bestellungen aufzunehmen.

Der *Heavensplace* neben der St. Ia's Church war so ein friedlicher Ort. Hier hinter der Theke hatte man einen fantastischen Ausblick aufs Meer. Die Promenade war direkt darunter, sodass man jederzeit in den Trubel einsteigen konnte. Wenn man denn wollte.

In den Sommermonaten hielten Ailla und ich es wie meine Eltern und Granny früher: Wir suchten uns die entlegenen Buchten, die von den Touristen nicht so frequentiert wurden. Ich liebte unsere Auszeiten. Ganz besonders den Montag, wenn Ailla den Tea Room schloss, um eine Verschnaufpause zu haben.

Neuerdings war Montag mein Lieblingstag. Dabei hatte ich ihn früher in London immer gehasst. Der erste Tag der Woche war schon zu Schulzeiten furchtbar gewesen. Im Studium hatte ich so manchen Montag blaugemacht. Später in der Agentur war der Montag mit Abstand der schlimmste Tag der Woche für mich gewesen, da an diesem Tag langwierige Besprechungen anfielen, die den weiteren Verlauf bis Freitag regelten.

»Jory, mein Junge, machst du mir bitte einen Cappuccino mit einem deiner schönen Bildchen im Milchschaum?«

Liz hatte vor meiner Zeit hier im *Heavensplace* meist nur Espresso oder schwarzen Kaffee ohne Milch getrunken. Ailla hatte sich deshalb schon Sorgen um sie gemacht. Umso freudiger hatte sie zur Kenntnis genommen, dass sie meine Milchschaumvariationen so mochte.

»Aber sicher doch, Liz. Ich habe sogar schon eine Idee, was ich dir zaubere.«

Sie grinste und ließ sich auf dem Hocker nieder.

Der Tea Room war auch heute wieder gut besucht. Seit Ailla mit ihren Veranstaltungen und ihren vorzüglichen Kuchen zu einer der Top-10-Sehenswürdigkeiten St. Ives ernannt wurde, schienen noch mehr Leute den Weg zu ihr zu finden. An manchen Tagen musste sie vielen von ihnen sagen, dass es keinen Platz mehr gab. Aber an Expansion war nicht zu denken.

Ailla liebte den Platz hier im Palmengarten direkt neben der Kirche. Kein Ort wäre passender für ihren himmlischen Tea Room. Da war ich ganz ihrer Meinung.

»Was soll das sein, mein Junge?«, fragte Liz mit Blick auf die Tasse, die ich ihr soeben gereicht hatte.

»Erkennst du es denn nicht?«

Liz' Augen bildeten schmale Schlitze, während sie versuchte, das Bild im Milchschaum zu deuten.

»Das sieht aus wie ein Tier. Ist das etwa …?« Fragend blickte sie mich an.

»Genau das ist es«, bestätigte ich ihr augenzwinkernd.

»Robby, der Waschbär. Wo er jetzt wohl ist?«

Sie klang melancholisch und starrte dabei in die Luft, als erinnerte sie sich gerade an ihn.

»Na, die Pub-, Restaurant- und Café-Besitzer unten an der Promenade sind sicher sehr dankbar dafür, dass er sich ein anderes gemütliches Fleckchen gesucht hat.«

Liz winkte ab.

»Die haben ja auch genügend dafür getan, dass er sich nicht mehr wohl bei uns gefühlt hat.«

Während Liz noch vor gut einem Jahr alles dafür getan hatte, dass Robby, wie sie ihn später nannte, überführt wurde, hätte sie ihn heute gerne wieder. Gut, damals wusste sie noch nicht, dass es sich bei dem Übeltäter, der sich des Nachts durch Mülltonnen wühlte, um einen Waschbären handelte.

»Liz? Wie schön, dass du mal wieder vorbeischaust. Möchtest du zu deinem Cappuccino noch ein Stück Kuchen? Dad hat seinen Apple Pie gebacken, den du so liebst. Das geht natürlich aufs Haus.«

Ailla nahm sich immer die Zeit, Liz zu begrüßen, mit ihr ein kleines Schwätzchen zu halten oder ihren Detektivgeschichten zu lauschen. Egal, wie voll der Laden auch war. Und dafür liebte ich sie.

»Ich bin im Moment auf Diät. Da sollte ich wohl besser nicht Ja sagen. Aber allein, wenn ich an den Kuchen denke, läuft mir schon das Wasser im Mund zusammen.«

Ailla und ich tauschten Blicke.

»Du brauchst doch keine Diät zu machen. Ich finde dich so, wie du bist, super«, sagte ich und erntete dafür einen Luftkuss von Ailla.

»Nur weil ich alt bin, heißt das noch lange nicht, dass ich nicht mehr auf meine Linie zu achten brauche.«

Seit Liz nicht mehr auf ihren nächtlichen Streifzügen durch St. Ives unterwegs war, hatte sie den schwarzen Mantel abgelegt und war zu viel freundlicheren Farben übergegangen. Heute trug sie beispielsweise einen fliederfarbenen dünnen Pullover und eine cremefarbene Hose.

»Warst du beim Friseur?«, fragte Ailla und legte dabei die Stirn leicht in Falten.

»Ja. Sieht man es denn? Ich war das erste Mal in diesem neuen Friseursalon in der Chapel Street.«

Ein freudiges Lächeln zauberte sich auf Liz' Lippen, während sie zaghaft über ihre Haare strich.

»Phil und Margery haben sich vor ein paar Wochen getrennt«, meinte Ailla wie beiläufig und ließ Liz dabei nicht aus den Augen.

»Ach ja? Das wusste ich ja gar nicht«, behauptete sie, wurde dabei aber dermaßen rot, dass ich mir sicher war, nicht die Wahrheit von ihr zu hören.

Ailla verschränkte die Arme vor der Brust.

»Niemand weiß, wo Phil sich seither aufhält. Kannst du ein wenig Licht ins Dunkel bringen?«

Liz errötete, wenn überhaupt möglich, noch eine Spur mehr.

»Ich? Also ich meine … Warum sollte ich das …
Und überhaupt, sitze ich hier etwa bei einem Verhör
der Polizei? Ich wüsste nicht, was ich verbrochen haben sollte.«

Die Art und Weise, wie Liz sich aus der Affäre zu
ziehen versuchte, sprach Bände. Offenbar wusste sie
ganz genau, wo Phil sich aufhielt.

»Ich will doch nur nicht, dass er dir das Herz bricht.«

Ailla legte ihr die Hand auf die Schulter.

»Meinem Herzen geht es gut. So gut wie schon lange
nicht mehr. Und sollte sich an dieser Tatsache in naher
Zukunft etwas ändern, dann bin ich trotzdem froh, es
gewagt zu haben. In meinem Alter bekommt man nicht
mehr so oft die Chance dazu, geliebt zu werden. Seid
froh, dass ihr euch habt, ihr beiden. Hab ich euch übrigens schon gesagt, was für ein wundervolles Paar ihr
abgebt? Und das sage ich jetzt nicht wegen dem kos-
tenlosen Kuchen und dem Waschbären im Milchschaum. Das meine ich nämlich ganz ehrlich.«

Ailla nahm Liz in den Arm.

»Wir sind immer für dich da. Das weißt du.«

»Ach, Kinder, bevor ich es vergesse: Ich habe einen
neuen Fall.«

Liz stand nicht gerne im Mittelpunkt. So viel hatte ich in den letzten zwölf Monaten mitbekommen. Früher hatte ich keinen besonderen Kontakt zu Liz gehabt. Sie war eine Freundin meiner Granny gewesen. Das war aber auch schon alles.

»Ein neuer Fall?«, hakte ich nach, während ich die Bestellliste abarbeitete, die Ailla mir über den Tresen zugeschoben hatte.

»Ja, äußerst spannend sogar. Ihr erinnert euch doch an den Fall mit dem verschwundenen Gin«, hob sie an.

Noch ehe sie weitersprechen konnte, unterbrach Ailla sie.

»In dieser Angelegenheit kann ich dir sachdienliche Hinweise geben. Aber erst nach dem Kuchen.«

Augenzwinkernd nahm sie das Tablett, das ich ihr vorbereitet hatte, und ging hinaus in den Garten.

»Ailla sieht so glücklich aus. Ich könnte mir vorstellen, dass du deinen Anteil daran trägst«, stellte Liz fest.

»Gut möglich. Aber soll ich dir etwas verraten?«

Liz nickte und blickte sich dabei prüfend zu allen Seiten hin um.

»Sie trägt einen immensen Anteil dazu bei, dass ich so glücklich bin wie noch nie. Ich kann mir ein Leben

278

ohne sie gar nicht mehr vorstellen. Aber pst! Verrate mich nicht.«

»Ich kann schweigen wie ein Grab. Zumindest dann, wenn es so guten Kuchen und Tierbilder im Milchschaum für mich gibt.«

Jetzt mussten wir beide herzlich lachen.

Ailla

»Ich weiß nicht, was er hat. Er sitzt da in dieser einen Ecke seines Terrariums und bewegt sich keinen Millimeter. Manchmal den ganzen Tag nicht. Sobald ich zu ihm gehe, klettert er so schnell die Leiter hinauf, dass ich die Befürchtung habe, er könnte vor mir weglaufen wollen.«

Besorgt sah ich zu dem gläsernen Kasten hinüber, in dem Kermit sein Heim hatte.

»Bei dir klingt das so, als hätte er Gefühle. Ich kann mir nicht vorstellen, dass er vor dir wegläuft. Warum auch? Du bist diejenige, die ihm das Futter bringt. Ich denke, er spürt, dass du es gut mit ihm meinst.«

Jory legte seine Hand auf meinen Rücken und streichelte sanft darüber. Seine Berührung tat gut. Dennoch machte ich mir Sorgen um Kermit. Schließlich war er nicht mehr der Jüngste. Wie alt er genau war, konnten wir nicht sagen. Allerdings weitaus älter, als er in der freien Natur geworden wäre. So viel stand schon mal fest.

»Du solltest dich ein bisschen ausruhen. Die letzten Tage waren sehr anstrengend für dich. Deshalb habe ich Sarah und Emma eingeladen. Sie sitzen schon draußen an einem der Tische im Palmengarten und warten auf dich. Genießt den gemeinsamen Nachmittag! Ich kümmere mich hier um alles.«

Ich wandte mich zu Jory um.

»Wirklich? Das ist ja … Meinst du, du schaffst das hier allein?«

Prüfend sah ich mich um. Um die Mittagszeit gingen die meisten Gäste zum Mittagessen oder an den Strand. Hochbetrieb war bei uns erst wieder ab ungefähr vierzehn Uhr. Folglich war nicht so viel los.

»Natürlich klappt das. Schließlich wurde ich von der Besten eingewiesen. Ich kenne mich aus.«

Jory stemmte die Hände in die Seiten und richtete sich vor mir auf.

»Dann werde ich mal nach draußen zu den beiden gehen. Ich kann mich gar nicht daran erinnern, wann wir das letzte Mal mittags beisammengesessen haben. Das muss eine Ewigkeit her sein.«

Jory gab mir einen Kuss.

»Genieß es! Und überleg dir, was du essen möchtest. Ich bin gleich bei euch.«

Damit wechselte ich wie selbstverständlich auf die andere Seite.

Heute würde ich mich in meinem Tea Room bedienen lassen. Ich konnte mich nicht daran erinnern, wann das zuletzt der Fall gewesen war. Aber ich spürte, dass es mir nicht schwerfallen würde, mich in mein Schicksal zu fügen. Spätestens, als ich Emma und Sarah an einem der Tische erspähte, schaltete ich in den Freundinnenmodus und vergaß alles, was im *Heavensplace* noch zu erledigen war.

»Hey, ihr beiden, wie schön, euch zu sehen!«, begrüßte ich sie.

Emma und Sarah erhoben sich von ihren Plätzen und nahmen mich ganz fest in die Arme.

»Schön, dass du Zeit für uns hast«, sagte Sarah, als sie sich wieder hinsetzte.

»Habt ihr euch schon einen Kuchen ausgesucht?«, fragte ich und nahm die Karte in die Hand, als wäre ich ein ganz normaler Gast.

Ich überflog die heutige Auswahl und bemerkte dabei wieder dieses flaue Gefühl im Magen. Seit einigen Tagen war mir ständig schlecht. Ich schob es auf das thailändische Essen, das wir uns vor einigen Tagen hatten liefern lassen. Dabei waren mir die Speisen aus dem Restaurant meist gut bekommen. Vielleicht war es zu viel Curry gewesen oder das Chili war zu scharf. Jedenfalls rumorte mein Magen seitdem, und ich hatte mich auch schon mehrfach übergeben müssen.

»Ich glaube, ich nehme mir ein Stück Pistazienkuchen«, meinte Sarah.

Allein, wenn ich nur an die grüne Farbe dachte, wurde mir schon übel.

»Und ich will eine Lemon Tarte«, entschied Emma und klappte die Karte wieder zu.

Die Zitronensäure konnte ich postwendend auf meiner Zunge schmecken. Allerdings führte das ebenfalls dazu, dass ich mich unwohl fühlte.

»Entschuldigt bitte, ich bin gleich wieder da«, brachte ich hervor, stürzte in den Tea Room und eilte zu den Toiletten.

Gerade noch rechtzeitig. Eine Sekunde später und mein Mageninhalt wäre mitten im *Heavensplace* gelandet. Nicht auszudenken.

Das Beste würde sein, wenn ich demnächst mal zu Dr. Hampton in die Praxis ging, damit er bei mir nach dem Rechten schauen konnte.

Jory sah mich beunruhigt an, als ich wieder aus der Toilette herauskam. Ich versuchte ihn mit einem Lächeln zu beschwichtigen, aber er kaufte es mir nicht ganz ab.

»Was ist denn passiert?«, fragte Emma, als ich wieder bei den beiden draußen am Tisch saß.

»Ich muss vor einigen Tagen etwas Verdorbenes gegessen haben. Seither macht mir mein Magen zu schaffen. Aber das wird schon wieder. Unkraut vergeht ja bekannterweise nicht.«

Ich rang mich abermals zu einem Lächeln durch, auch wenn ich mich noch ganz wackelig auf den Beinen fühlte.

»Haben die Damen schon gewählt?«, fragte Jory und mimte damit den formvollendeten Kellner.

Emma und Sarah gaben ihre Bestellungen auf, während ich mich auf das Meeresrauschen konzentrierte. Allein die Nennung der Kuchen würde unweigerlich dazu führen, dass mir wieder schlecht wurde. Also versuchte ich ihre Worte so gut es ging auszublenden.

»Und was darf es für dich sein, mein Schatz?«, fragte Jory mich zum Schluss.

»Ich nehme nur einen Pfefferminztee für meinen Magen«, erklärte ich.

Jory wusste, dass es mir schon seit einigen Tagen nicht gut ging, und hinterfragte meine Entscheidung nicht.

»Ich bin sofort wieder da«, flötete er und verschwand dann im Inneren des Tea Rooms.

»Hat Jory auch von dem Essen gekostet?«, fragte Emma.

»Ja, wir haben uns zwei Portionen desselben Gerichts bestellt. Warum fragst du?«

Sie zuckte mit den Schultern.

»Müsste es ihm dann nicht auch elend gehen?«

Nun war es an mir, mit den Schultern zu zucken.

»Sein Magen verträgt vielleicht mehr als meiner. Oder ich habe allergisch auf etwas reagiert. Keine Ahnung! Ich weiß nur, dass mich das ständige Würgen ganz fertigmacht. Ich kann mich nicht daran erinnern, wann ich das letzte Mal Magen-Darm hatte. Vielleicht habe ich mir auch einen Virus eingefangen. Wer weiß …«

»Das klingt gar nicht gut. Hoffentlich erholst du dich schnell wieder.«

Emma sah mich besorgt an.

Als Jory uns unsere Bestellungen an den Tisch brachte, trank ich sogleich von meinem Tee. Mein Magen schien sich augenblicklich zu beruhigen. Zumindest für den Moment.

»Bist du ganz sicher, dass es keinen anderen Grund für dein Unwohlsein gibt?«

Sarah sah mich augenzwinkernd an.

»Meinst du, dass ich … Nein, das ist unmöglich … Ich habe doch … Oder?«

Ich wusste, worauf Sarah hinauswollte. Bei vielen Schwangerschaften war das Unwohlsein eines der ersten Anzeichen. Das wusste ich nicht nur aus Filmen. Allerdings war ich nicht überfällig. Oder? Ich musste ein wenig nachrechnen, ehe mich die Erkenntnis wie ein Blitz traf.

»Geht es dir nicht gut? Du bist kreidebleich im Gesicht«, offenbarte mir Emma.

»Ich glaube, Sarah könnte recht haben.«

Schon sprang sie von ihrem Stuhl auf.

»Was hast du vor?«

Besorgt blickte ich sie an.

»Ich laufe schnell runter zur Drogerie und hole einen Schwangerschaftstest.«

Kaum dass sie das gesagt hatte, war sie auch schon auf und davon.

»Einen Schwangerschaftstest?«, fragte Emma, bei der der Groschen noch nicht gefallen war.

»Ich bin überfällig«, erklärte ich ihr und blickte mich dabei suchend nach Jory um.

Bevor ich nicht ein sicheres Ergebnis hatte, wollte ich ihm keine unnötigen Hoffnungen machen.

Seit wir in dem urgemütlichen Haus seiner Granny zusammenwohnten, hatten wir beide schon oft davon gesprochen, wie es wohl wäre, eine Familie zu gründen und Kinderfüße über den Dielenboden tapsen zu hören.

»Kann ich euch noch etwas bringen?«, fragte Jory just in diesem Augenblick.

Ich erschrak dermaßen, dass ich regelrecht zusammenzuckte.

»Alles bestens«, behauptete Emma lächelnd, woraufhin er sich wieder von uns verabschiedete.

»Ich habe drei Stück gekauft. Sicher ist sicher«, sagte Sarah und öffnete die Tüte, gleich nachdem sie zurück war, unter dem Tisch, sodass Sarah und ich nur einen Blick darauf werfen konnten.

Es machte ein wenig den Anschein, als wäre sie eine Drogendealerin, die versuchte, ihr Zeug an den Mann zu bringen. Dabei waren es doch nur Schwangerschaftstests. Die Situation war so lustig, dass ich zu kichern begann.

»Pst!«, ermahnte mich Emma und blickte dabei hinter mich.

Offenbar war Jory noch immer in der Nähe.

Auffordernd überreichte mir Sarah die Tüte.

»Soll ich etwa jetzt … Hier?«

Sie nickte.

»Worauf warten? Dann weißt du wenigstens, ob sich deine Magenbeschwerden in nächster Zeit verabschieden.«

»Meine Cousine Claire hatte volle neun Monate diese Übelkeit«, erklärte Emma.

»Das ist jetzt nicht sonderlich aufbauend«, echauffierte sich Sarah.

»Ich wollte ihr keine Angst machen«, erwiderte Emma und sah mich besorgt an.

»Das weiß ich doch. Mach dir keine Sorgen!«, beeilte ich mich zu sagen.

Emma neigte dazu, sich solche Dinge zu Herzen zu nehmen.

»Okay. Ich geh rein. Ihr haltet hier die Stellung. Jory ist gerade dort hinten bei einem der Tische. Er wird nicht bemerken, dass ich reingegangen bin. Zumindest nicht gleich.«

»Wir geben dir Rückendeckung«, versprach Sarah.

»Viel Glück«, wünschte mir Emma.

Schnell eilte ich ins Innere des Tea Rooms und steuerte auf die Toiletten zu. Zum Glück war niemand hier. Ich nahm die Tests aus der Verpackung und befolgte die Anweisungen. Dann wartete ich. Und ich wartete. Und schließlich wartete ich. Erst war nur ein Strich zu sehen, woraufhin ich fast ein wenig traurig wurde.

Die Vorstellung, mit Jory Kinder zu bekommen, zauberte mir ein Lächeln ins Gesicht. Ich konnte es kaum erwarten, dass wir beide endlich noch verbundener miteinander wären als ohnehin schon.

Meine Gedanken kreisten, ehe ein anderer Gast in die Toilette kam, was mich augenblicklich wachrüttelte. Ich wollte die drei Tests bereits in den Müll werfen, als mein Blick auf den ersten der drei fiel.

Positiv.

Auch der zweite hatte nun deutliche zwei Striche.

Und der dritte gab sogar Auskunft darüber, wie lange ich schwanger war: 1-2 Wochen.

Ungläubig flog mein Blick über die drei Stäbchen in meiner Hand.

»Ailla? Und? Hast du ein Ergebnis?«, fragte Sarah.

»Bist du allein?«, hakte ich nach.

»Nein, Emma ist bei mir.«

Ich öffnete die Tür und kam mit dem Ergebnis nach draußen.

»Das ist ja …«

Emmas Stimme klang ein wenig schrill. Sogleich nahm sie mich ganz fest in die Arme.

»Wow, wir werden Tanten«, freute sich Sarah und begann wie ein Flummi auf der Stelle zu hüpfen.

»Alles okay bei euch?«, fragte Jory plötzlich von außen.

Offenbar waren wir zu laut gewesen.

»Du solltest es ihm ganz in Ruhe sagen«, meinte Sarah und verabschiedete sich mit Emma nach draußen.

Ich wusch mir die Hände und sah mein bleiches Gesicht im Spiegel an. Dann ging ich mit den Tests in der Hand nach draußen.

»Ailla, ist alles …?«

Weiter kam er nicht. Denn dann erblickte er die Stäbchen.

»Bist du etwa …?«, fragte er mit großen Augen.

Ich nickte und wartete gespannt auf seine Reaktion.

»Das ist … Ich weiß gar nicht, was ich sagen soll.«

Und noch ehe ich wusste, wie mir geschah, hob Jory mich in die Luft und drehte sich mit mir im Arm um seine eigene Achse. »Ich bin unglaublich glücklich, mein Schatz«, rief er und wirbelte mich herum.

Das wiederum führte wider Erwarten nicht dazu, dass mir schlecht wurde. Unser Baby liebte offenbar das Karussellfahren, ohne es bislang kennengelernt zu haben. Aber mochten das nicht alle Kinder?

Als wir an Kermits Terrarium vorbeikamen, kletterte er so schnell die Leiter hinauf, dass ich Sorge hatte, er könnte runterfallen.

»Weißt du, was Kermit da macht?«

Jory setzte mich zurück auf meine Füße.

»Er klettert auf seiner Leiter nach oben«, stellte er nüchtern fest.

»Nein, er klettert nicht nur nach oben. Er hat meine Schwangerschaft vorausgesagt. Kermit schlägt auf mich und meine Hormone an, Jory.«

Er sah zu mir. Dann zu Kermit. Dann lachte er.

»Sag das bloß nicht Phil. Der hat sich schon für morgen angekündigt. Ein wichtiges Spiel steht an.«

»Na, dann weiß ich ja jetzt, wie ich das Prozedere ein kleines bisschen beschleunigen kann«, erwiderte ich augenzwinkernd.

ENDE

Danksagung

Liebe Leserinnen und Leser,
vielen lieben DANK für das Interesse an meinen Büchern.
Es hat mir außerordentlich viel Spaß gemacht, die Geschichte über Ailla & Jory zu Papier zu bringen und mit den beiden nach St. Ives in Cornwall zu reisen. Zumindest gedanklich ;-) Wenn ich es ebenso geschafft habe, euch mit meiner Geschichte ein paar schöne Lesestunden zu bereiten, dann bin ich sehr glücklich darüber.
Bedanken möchte ich mich an dieser Stelle ganz herzlich bei meinen engagierten und wunderbaren Testleserinnen. DANKE für eure ehrlichen Worte, eure Begeisterung und euer Mitfiebern. Ohne euch wäre das Ganze nur halb so schön. Vielen lieben DANK, dass ihr den Weg mit mir gegangen seid! Ich freue mich bereits heute über euer Feedback zum nächsten Buch.
Liebe Doro, ein ganz besonderer Motivationsschub in diesem Buch war die Freude, die dir die Geschichte bereitet hat. DANKE hierfür.
Vielen DANK, liebe Sybille, dass du mein Manuskript mit so viel Sorgfalt korrigiert hast.
Vielen DANK an meine Leser und Leserinnen, dass ihr mit mir in die Geschichte von Ailla & Jory abgetaucht seid.

Eure Mila

Außerdem freue ich mich sehr auf regen Austausch mit euch:
http://www.milasummers.com/
E-Mail: mila.summers@outlook.de
facebook: Mila Summers
Instagram: books_by_mila_summers

PS: Wenn euch meine Geschichte gefallen hat, würdet ihr mir unglaublich helfen, wenn ihr eine Rezension auf dem Buchportal eurer Wahl schreiben würdet. Dann bekommen vielleicht noch weitere Leser und Leserinnen die Möglichkeit, meine Geschichten kennenzulernen.